BU
rizzo

WILLIAM BURROUGHS

LA SCIMMIA SULLA SCHIENA

traduzione di Fernanda Pivano

BUR rizzoli contemporanea

ISBN 978-88-17-10619-1

Titolo originale dell'opera:
Junkie

Prima edizione Rizzoli 1953
Prima edizione BUR 1984
Prima edizione BUR Contemporanea 2006
Decima edizione BUR Contemporanea febbraio 2015

INTRODUZIONE ALL'EDIZIONE BUR

Nel 1962, quando scrissi l'introduzione alla prima edizione italiana di Junkie, *uscito in America nel 1953 e pubblicato da noi col titolo* La scimmia sulla schiena, *di Burroughs si sapeva poco o niente e* The Naked Lunch, *scritto tra il 1953 e il 1957 non era ancora uscito in Italia: uscì a Parigi nel 1959, a New York nel 1962 e in Italia nel 1964 (l'edizione definitiva con la traduzione rivista uscì nel 1976).*

Da allora Burroughs è diventato in America uno scrittore di primo piano: le interviste si sono accumulate e le monografie si stanno accumulando, dall'intervista famosa sulla «Paris Review» n. 35 del 1965 a quella di Daniel Odier pubblicata in volume nel 1970 col titolo The Job *allo studio già munito di bibliografia di Eric Mottram uscito nell'edizione rivista nel 1977 (la prima edizione è del 1971).*

È uscita anche, nel 1977, una nuova edizione di Junkie *(col titolo* Junky*) per la Penguin Books con un'introduzione di Allen Ginsberg, di sei pagine soltanto ma di grande interesse critico e storico. Questa introduzione racconta praticamente la storia del libro: l'incontro del poeta con lo scrittore nel Natale 1944, il loro sodalizio fin dall'inizio degli anni Cinquanta, quando Burroughs rispondeva alle lettere di Ginsberg mandandogli i capitoli di* Junkie *che presto andarono delineandosi come il vero e proprio corpo del libro. «Quando il manoscritto fu completo» scrive Ginsberg «cominciai a portarlo in giro a vari compagni di università o dell'ospedale psichiatrico che si erano stabilizzati nell'editoria: un'ambizione che era anche mia, frustrata; e incompetente com'ero di comportamenti mondani, mi considerai un agente letterario segreto.» Ginsberg continua narrando come Jason Epstein abbia rifiutato il libro dicendo che sarebbe stato interessante se fosse stato scritto da Winston Churchill e come Louis Simpson abbia trovato privi di interesse alcuni capitoli di* Sulla Strada.

Fu Carl Solomon, racconta Ginsberg, a far pubblicare Junkie*: lavorava nella casa editrice dello zio A. A. Wyn, la Ace Books, che ogni tanto faceva uscire qualche romanzo audace. Ma i tempi erano molti duri per un libro sulla droga: c'erano leggi per le quali si poteva venir arrestati anche soltanto se di questo argomento si parlava. L'editore volle che l'autore usasse uno pseudonimo, William Lee, e scrivesse un'introduzione dalla quale risultasse la sua origine di buon borghese; inoltre il libro sarebbe stato pubblicato insieme a un altro romanzo sulla droga scritto da un ex agente dell'Ufficio Narcotici, Maurice Helbrant. Ginsberg racconta che in qualità di "agente" di Burroughs accettò tutte le* *condizioni e fece avere a Burroughs un anticipo di 800 dollari per un'edizione di 100.000 copie.*

Così il libro uscì e fu a tutt'oggi l'unico del grande satirista americano scritto senza sperimentazioni linguistiche, con un taglio neorealista e un linguaggio piano e scorrevole dove i termini dello slang e del gergo della droga o della malavita venivano spiegati nel corso della narrazione (nella nuova edizione non tagliata del 1977 il testo è seguito da sei pagine di glossario molto esoterico con termini non sempre elencati nel Dizionario della droga *di Richard R. Lingeman).*

Burroughs cominciò a scrivere Junkie *a Città del Messico, dove rimase dal 1948 al 1950 durante il governo del Presidente Aleman, in una casa a due piani, frequentando l'Università del Messico con una borsa di studio dell'esercito per studiare la storia azteca e i codici, la lingua e l'archeologia maya. Prendeva eroina da molto tempo: prima di andare in Messico aveva vissuto ad Algiers in Louisiana, di fronte a New Orleans, tutti i giorni attraversava il fiume per andare nella capitale a procurarsi la droga. Furono soprattutto queste le esperienze che descrisse in* Junkie, *i cui personaggi infatti si muovono fra New York City, New Orleans e il Messico, ma leggendo il libro adesso, dopo aver conosciuto l'opera successiva dello scrittore, è sorprendente come si ritrovino in queste pagine così diverse da quelle dei libri che le seguirono moltissime immagini ricorrenti anche nelle storie narrate nel suo cosiddetto stile « difficile ».*

L'immagine più frequente, frequente fino all'ossessione, in tutti i libri di Burroughs è quella dell'orgasmo che provano gli uomini nell'attimo dell'impiccagione; ma c'è già in Junkie, *come un insistente sottofondo, una satira del mon-*

do del potere identificato nella polizia e negli ospedali che comincia con le allucinazioni della droga intesa come metafora di manipolazione. Marshall McLuhan in un suo articolo su Burroughs del 28 dicembre 1964 disse: « L'eroina è la necessità di trasformare il corpo umano in un ambiente che include l'universo... Il mondo intiero deve sottomettersi al suo gesto. Il mondo diventa il suo contenuto ».

In realtà questo contenuto è costituito dalla passività alla quale è ridotto un drogato schiavo del suo spacciatore e inerme di fronte alla polizia, che è drogata di potere, dice Burroughs, tanto quanto un tossicomane è drogato di stupefacenti. Di positivo nella droga, dice Burroughs, c'è soltanto la possibilità di ritrovare gli eccessi emotivi di un bambino o di un adolescente: nel tredicesimo capitolo si chiede se i tossicomani si droghino per ritrovare « la magia dell'infanzia ».

Ma questo è uno dei pochi momenti di indagine psicologica nel libro: la base della narrazione è il raccapriccio per gli aspetti sgradevoli del corpo (e insieme una vaga pietà per l'offesa che ad esso viene recata) e il raccapriccio per tutto il mondo di persone e di fatti che circondano il drogato, dalla miserabilità dei furti agli ubriachi a quella dei piccoli spacci occasionali, dallo squallore dei posti di polizia a quello degli ospedali e delle istituzioni per la disintossicazione, dalla futilità dei fugaci rapporti sessuali con sconosciuti a quella di altrettanto fugaci rapporti di « amicizia » coi compagni di droga. La passività del tossicomane ha il suo risvolto nella violenza alla quale si abbandona quando la legge o qualcosa interrompe il suo piacere proibito; fuori di questa violenza e fuori della passività i suoi rapporti sociali si limitano alle conversazioni con gli spacciatori, in un am-

biente di orrore urbano che resta una delle fondamentali caratteristiche di Burroughs sviluppata poi nell'azione in The Naked Lunch.

Quando scrisse Junkie lo scrittore era immerso nella drammatica crisi che seguì l'incidente del 7 settembre 1951 in cui rimase uccisa la moglie. All'incidente seguì il suo isolamento dalla famiglia che gli tolse la custodia del figlio e l'aiuto economico: completamente solo e staccato dal suo passato si tuffò nelle esperienze della malavita che lo avevano affascinato da lontano fin da ragazzo e le descrisse in questo libro che John Tytell ha definito: « Una geografia grafica di facili tradimenti, la violenza casuale, gli spacciatori e i ladri del mondo della droga. Questo resoconto senza rimorsi delle complicazioni della tossicodipendenza, gli orrori della droga e del rientro, era senza precedenti, e Burroughs dubitava della possibilità di una sua realizzazione commerciale ».

Burroughs aveva 35 anni e si drogava da parecchi, ma non aveva ancora fatto esperienze da scrittore professionista. Tuttavia c'è nel libro una strana mescolanza di scorrevolezza realista presente unicamente in questo libro e in nessun'altra opera di Burroughs e di intensità surrealista che già precorre i libri successivi e specialmente The Naked Lunch, che a molti pare a tutt'oggi il suo capolavoro. Anche le immagini del morfinomane che fluttua senza contorni, o della sua realtà che si trasforma in passeggeri quadri viventi, o dei suoi incubi del rientro quando New York gli appare distrutta e popolata da enormi millepiedi e scorpioni, sono immagini ormai familiari ai lettori dei suoi libri successivi, così come è ormai familiare il parasadismo con cui faticosamente il tossicomane si cerca una vena da bucare.

Come lo scrittore ha detto nell'intervista della «Paris Review», le droghe «creano una confusa bramosia di immagini» ed è proprio questa bramosia che muove il fluttuare delle sequenze qui come negli altri libri.

Sono immagini che mescolano la fantascienza alla fantasia neogotica della narrativa del Sud d'America e si intrecciano a personaggi macabri e bizzarri anch'essi presenti nei libri successivi. Il lettore abituale di Burroughs li riconoscerà: Subway Mike (nel secondo capitolo) col suo aspetto di «animale sotterraneo che aggredisce gli animali della superficie», o Gene Doolie (nel sesto capitolo), il personaggio faulkneriano che diventa una specie di prototipo di spacciatore con «la personalità scomparsa, dissolta dalle sue cellule avide di droga», o Mary (nel secondo capitolo) che non può assorbire calcio per cui «intorno a lei c'era un'atmosfera di qualcosa senza ossa» (i lettori di The Soft Machine *ricorderanno la Mary di questo* Junkie *nell'atto di mangiare i genitali di Johnny dopo averlo impiccato).*

Si potrebbe continuare. Ormai qualunque pagina scritta da Burroughs per divertimento o sul serio, come messaggio di satira sociale, come divertissement sadico-fantascientifico o come drammatico documento di una sfiducia e di una disperazione senza confini è accolta ed esaminata come un «pezzo» di storia letteraria. Lui, Burroughs, non si lascia travolgere dal trionfalismo che lo circonda. Nell'intervista alla «Paris Review», già nel 1965, quando gli hanno chiesto perché aveva descritto «in uno stile più o meno diretto e giornalistico le sue esperienze sulla droga e i drogati» rispose: «Non è che mi sentissi costretto a farlo. Non avevo altro da fare. Scrivere mi procurava qualcosa da fare ogni giorno. Non mi pare affatto che i risultati siano stati spet-

tacolari. Junkie *in realtà non è granché come libro. Sapevo pochissimo come si fa a scrivere in quel periodo».*

Eppure, giornalistico o no e nonostante il disprezzo ostentato da Burroughs, questo Junkie *è un libro appassionante, commovente, drammatico. Sarcasmo e sadismo, incubi e angosce, ritratti impietosi e esperienze spietate sono condensati in una denuncia così priva di speranze da non essere neanche aggressiva, così priva di stupore da sembrare l'unica conseguenza possibile di un mondo in sfascio, così priva di alternative da sembrare «la» realtà, lì, a portata di mano di chiunque abbia voglia di aprire gli occhi e guardare il baratro dove si muovono i diseredati, i disperati, i fantasmi stritolati dalla vita.*

Ma col saggio che Burroughs ha scritto apposta per questa edizione italiana e che è pubblicato a conclusione del libro, l'autore ha voluto dirci che in realtà non c'è diseredato, non c'è disperato, non c'è fantasma stritolato al punto da non poter ritrovare un posto nella società abbastanza da combattere «il nemico», il pericolo incombente, incalzante, insidioso della droga. In quel saggio Burroughs propone la cura che ha fatto lui stesso, dalla quale è stato salvato lui stesso fino a diventare uno dei più grandi scrittori americani viventi; come dire che millepiedi e scorpioni, impiccati con o senza orgasmo, larve umane e mostri vaganti possono diventare oggetto di fantasia, di creatività e soprattutto di protesta.

FERNANDA PIVANO

ottobre 1981

INTRODUZIONE

William Burroughs è nato nel 1914, ha pubblicato Junkie (*titolo italiano*: La scimmia sulla schiena) *nel 1953 e* The Naked Lunch *nel 1959.*

Da un punto di vista rigorosamente critico queste date dovrebbero essere più che sufficienti, e se si vuole persino superflue, a giudicare le sue opere. Da un punto di vista rigorosamente critico forse non importa molto quello che è successo a Burroughs tra l'una e l'altra di queste date; un critico rischierebbe di passare per un cronista nero e abbassarsi, come già certi giornalisti sensazionali, a definire Burroughs un assassino comune o un ex detenuto per uso e spaccio di droghe e così via. Ma si dà il caso che questi libri non sarebbero mai stati scritti se Burroughs non fosse un raffinato esperto di droghe: così raffinato che la sua produzione letteraria è continuamente alternata a saggi scien-

tifici e che l'università di Harvard lo ha invitato lo scorso autunno a tenere un corso sull'uso degli stupefacenti e i loro effetti nelle esperienze creative.

È un corso al quale dovevano partecipare come testi di prova Jack Kerouac e Allen Ginsberg, Gregory Corso e Peter Orlovsky: quelli che tante volte e con tanto fastidio sono stati definiti gli eroi della beat generation *e in realtà sono stati i nuclei intellettuali intorno ai quali si sono raggruppati i disaffiliati del secondo dopoguerra americano. Se sono stati loro a creare una specie di modello di vita, è stato certamente Burroughs a imprimerne la caratteristica più saliente di questo secondo dopoguerra, che ha visto sostituire la droga all'alcool consolatore, esaltatore e polemizzatore del primo dopoguerra: in esperienze altrettanto autodistruttive e polemiche anche se condotte con fini diversi.*

La sua prima documentazione letteraria di queste esperienze è Junkie*: un libro che Burroughs scrisse a trentacinque anni e venne pubblicato quattro anni dopo, in un'edizione popolare a sfondo scandalistico, con una copertina sgargiante e colposa, con tanto di siringa, fornellino, cucchiaio e peretta. Lo pseudonimo mascherava per la società la casata di questo rampollo degenere, e per l'autore mascherava una prova letteraria di cui non era soddisfatto: era stato Allen Ginsberg a stimolarlo a scrivere la sua storia, ma Burroughs era troppo sofisticato per non pensare che in questa forma il libro sarebbe stato considerato solo una cronaca, e troppo colto e civile per non sapere che cosa si sarebbe scatenato intorno alla sua confessione pubblica.*

Burroughs conosce bene la società borghese alla

quale si è sottratto in modo così decisivo. È figlio del famoso Burroughs progettista e produttore di macchine da calcolo e contabili, così passò un'infanzia felice, o per lo meno economicamente felice, a Saint Louis. La depressione intaccò la situazione economica della sua famiglia, ma non fino alla rovina; e infatti egli continuò regolarmente i suoi studi. Ancora per il decennio che seguì la depressione continuò a vivere inserito nella società; studiava seriamente poesia e etnologia, e all'università di Harvard si laureò in letteratura inglese con una tesi in antropologia. Nella scia di tanti espatriati americani andò a trascorrere un anno in Europa; ma nel 1936 si ritrovò in America, con un assegno mensile di centocinquanta dollari che gli veniva dall'eredità paterna e il peso di ventidue anni di angosce e di andirivieni psicologici che né la rispettabilità della sua famiglia né l'ottimismo del New Deal americano né gli psicanalisti nascenti riuscirono a risolvere. Poi la guerra, l'espulsione dai corsi di allievo ufficiale ma l'arruolamento nell'esercito, un attestato di schizofrenia e un certificato di esonero; e un po' di mestieri all'americana: disinfestatore, barista, poliziotto privato. Poi la droga.

Ma ancora un tentativo. Va nel Texas, fa una cura disintossicante a Lexington, si trasferisce a New Orleans e si sposa. Con la moglie e due figli si rifugia in Messico. E in Messico la catastrofe: drogato, nell'esercitarsi al tiro a segno uccide la moglie, più drogata di lui. Lotte furibonde per costringere i giudici messicani a punirlo come un assassino e a non tenere conto dei certificati medici; e l'esilio volontario, prima in Columbia e in Perù per sperimentare lo yage, la droga che produce poteri telepatici, e poi a Tangeri. Di lì, dopo quattro anni, Parigi. Per amica, la droga; per compagnia, i dolori del drogato.

È una biografia qualunque, o se si vuole la biografia di un povero malato, ma di nuovo non servirebbe al critico se parlando della sua infanzia felice a Saint Louis o della sua adolescenza di borghese benestante all'università non ricordasse che durante quell'infanzia il bambino era terrorizzato da incubi ricorrenti e dalla solitudine e dal buio e perfino dal pensiero del sonno apportatore degli abituali sogni angosciosi; che a cinque anni era tormentato da allucinazioni incontrollabili; che a scuola era inorridito dalla violenza fisica dei coetanei. La decisione dei genitori, tipica fra i benestanti americani, di andar a vivere in solitudine alla periferia della città, accentuò la neurosi del bambino; e avvenne a lui quello che avviene a tanti bambini neurotici: la noia sogna come scampo l'avventura, magari anche l'avventura criminale, la solitudine idealizza nell'eroismo di qualunque specie l'evasione dalla realtà quotidiana, l'incertezza psicologica e la sottomissione conformista vedono nel gesto di rivolta contro la legge una prima embrionale realizzazione di una autonomia individuale e di una definizione dell'identità.

Quando cominciò a leggere, lesse l'autobiografia di un malvivente, e esaltato da questa influenza distrusse con un compagno le finestre di un edificio abbandonato. Sgridati, puniti, minacciati, i due bambini ascoltarono contriti come si deve comportare un ragazzo per bene; e il compagno di Burroughs rientrò nelle file, ma Bur-

roughs non trovò pace alle sue angosce. Qualche anno dopo fu tra i primi a sfogare il ribollire della sua vitalità repressa sparando alla cieca su allevamenti di polli o guidando all'impazzata per strade di campagna.

In quegli anni non c'erano ancora i teddy-boys, *e non si parlava ancora di* beat generation; *questi fenomeni non erano ancora incanalati nel costume, e Burroughs creava inconsciamente un prototipo, un modello che sarebbe diventato fin troppo famoso vent'anni dopo. Il conformismo universitario non lo aiutò certo a risolvere il suo problema. La falsità del metodo di insegnamento, la falsità della vita studentesca, la falsità delle norme insegnate non potevano non riuscirgli come un enorme simbolo di morte. Gli parve di accostare in una esperienza omosessuale una realtà non ancora uccisa dal conformismo; ma sentì subito la codificazione conformistica di questi pseudo anticonformisti, e nell'illusione di trovare scampo fuori d'America a una società che gli pareva inaccettabile emigrò in Europa.*

Ma in Europa trovò il nazismo, e un'altra società che per un altro verso gli riuscì inaccettabile. Così ritornò in America, e tentò scientificamente la psicanalisi. Ma la psicanalisi lo liberò - o credette di liberarlo - soltanto delle sue inibizioni, permettendogli di compiere senza scrupoli azioni che "prima" lo rendevano perplesso. Più per curiosità che per necessità prese a fare il ricettatore, accostando così personaggi che attiravano il suo interesse di sociologo e di antropologo; e andò ad abitare nei pressi della Columbia University. Erano gli anni in cui a quella università studiavano Allen Ginsberg e Jack Kerouac. Burroughs, di parecchi anni più anzia-

no, diventò il loro modello di vita. Stava per finire la guerra; c'era tanta confusione ideologica, c'era tanta stanchezza psicologica, c'era tanta delusione morale; non si credeva più nei vecchi valori etici universalmente riconosciuti, non si credeva più nell'universalità, nell'etica e nei valori. L'unica speranza balenava nella liberazione dall'anonimità, l'unica ambizione nella scoperta dell'identità, l'unico desiderio nel superamento di una realtà fisica sempre più fragile, meschina, insensata a misura che la presunzione la decorava di luoghi comuni, di fallace volgarità e di pseudocertezze. In un mondo dove l'incomunicabilità era ormai la sola certezza, gli sbandati moderni cercarono un mezzo di superamento e di autoidentificazione nel jazz, o nell'estasi religiosa, o nella contemplazione filosofica. E un giorno Burroughs indicò loro la droga.

La droga era largamente usata dai compositori ed esecutori di jazz; era usata specialmente la marijuana, ma per i futuri condannati a una morte crudele era già in agguato l'eroina, gradino di passaggio agli stupefacenti irrimediabili. Degli intellettuali, li avevano usati fino allora solo gli anarchici, gli eroi o discendenti del dadaismo e della generazione ribelle del primo dopoguerra. Ma per quella generazione il grande mezzo di autoannullamento era stato l'alcool; nell'alcool si trovava quello che si cercava allora: la rivolta alla maschera morale del vittorianesimo, la rivolta all'autorità costituita del proibizionismo, la rivolta al controllo intellettuale del positivismo. L'alcool era col sesso - quello auspicato da Freud come mezzo terapeutico - il grande altare della delusione e della sfiducia di quei disaffiliati, e a quell'altare i giovani di allora offrivano la loro vita, morendo alcoolizzati a quarant'anni o suicidandosi alcoolizzati nel momento culminante della loro attività.

In quegli altari le nuove generazioni non credevano più. Il ritratto ormai tradizionale dell'americano ribelle che cade ubriaco sotto i tavoli creò molte delusioni in chi si trovò a passare ore e ore con gli americani della nuova generazione, altrettanto ribelli ma quasi completamente astemi. Erano americani che non bevevano e non fumavano, sembravano asceti e si condensavano in pallori soprannaturali; in realtà erano creature disperate quanto gli alcoolizzati del primo dopoguerra, ma quei silenzi e quei pallori derivavano dalla mancanza di droga o dall'esserne "carichi".

E il sesso non era più una sottigliezza medica ma una realtà vitale e così trattato come tutti gli altri elementi di una vita che andava esaltata per poter venire isolata e colta in un attimo che si liberasse dalla mediocrità della massa. Le nuove generazioni cercarono l'identità del sesso nella folgorazione della orgone machine *del dottor Wilhelm Reich (Burroughs a Tangeri ne aveva una, che probabilmente si era costruito da sé); cercarono l'identità di se stessi nella folgorazione di tutti gli stati liberatori o semipnotici; cercarono una comunicazione in questa realtà di incomunicabili nei tentativi telepatici.*

Per un malato di allucinazioni e di stati morbosi l'estasi offriva ben pochi spiragli: così Burroughs provò la droga. Negli anni in cui, nel totale rifiuto delle norme sociali, tentava tutte le esperienze che gli capitavano e fece anche il ricettatore, gli arrivò un giorno tra la merce ricettata una partita di morfina. Ne vendé un po', ma un po' la prese. Un anno dopo era diventato un tossicomane.

Ma quello che differenzia Burroughs da un letterato-malvivente alla Genét o dai comuni drogati è una sua strana capacità a restare sempre del tutto oggettivo di fronte alle sue esperienze. Con una lucidità razionale forse ereditata dal padre e comunque inalterabile, Burroughs prese a consumare la droga come un medico può iniettarsi un bacillo per vederne i risultati. Presto divenne un intenditore di droghe; quando si accorse, a Tangeri, che anziché uno studio la sua era diventata una malattia, andò a Londra a fare la cura disintossicante all'apomorfina, l'unica che guarisca dalla "necessità" della droga (le dieci cure fatte in America, secondo il metodo riduttivo tradizionale, non gli avevano giovato). Liberato dal "bisogno", dalla malattia, le sue divennero vere e proprie esperienze mediche. Prese a viaggiare solo per cercare droghe esotiche di cui voleva provare l'effetto; quando sentì dell'esistenza di una certa droga usata dagli indiani dell'Amazzonia e ne sentì vantare le possibilità telepatiche, si trasferì in Amazzonia. Forse era con l'uso di questa droga che si poteva raggiungere l'ultima speranza delle nuove generazioni, la speranza di ritrovare attraverso la telepatia una possibilità di comunicazione. I radiotecnici che raccontano le loro esperienze personali con gli abitanti di Marte confermano con le descrizioni di una comunicabilità esclusivamente telepatica la modernità di questo sogno.

Bisognerebbe ora dire fino a che punto Burroughs sia uno scrittore o un fenomeno letterario o un fenomeno di costume: ma non c'è dubbio che il suo è un caso in cui queste tre definizioni si possono applicare indifferentemente e tutte e tre insieme. Come fenomeno di costume ha introdotto l'abitudine della droga fra scrittori che nel secondo dopoguerra avevano indicato soprattutto un esempio di disintegrazione sociale e di svincolamento dal collettivismo nella ricerca di identità liberatrici dalla civiltà anonima della massa. Come fenomeno letterario non ha suscitato scalpore critico con questo libro tutto orientato verso il contenuto, la confessione, la documentazione, la "rivelazione", così come gli era stato più o meno imposto dagli editori; ma il libro divenne una specie di vademecum per gli espatriati americani a Parigi, e in generale per il clan degli sradicati cosmopoliti tra lo snobistico e il sofisticato che si spostano inquieti da Tangeri ad Atene a Venezia a Taormina in un circolo ormai così conformistico e provinciale da rasentare la monotonia.

In questi clan Junkie *si vende al mercato nero, a cifre altissime; e anche così è difficilissimo da trovare. Non perché sia stato sequestrato o sia esaurito: non contiene nulla che possa provocare un sequestro, e l'editore si è ben guardato dal lasciarlo esaurire; ma perché un libro così insolito, una specie di "pezzo" da collezionisti e intenditori, non è libro che si pensi di cercare in un'edizione di quel genere, così popolare che lo stesso volume raccoglie due romanzi (da una parte un romanzo con la copertina che si è descritta e dall'altra un romanzo la cui copertina mostra una donna in sottove-*

ste con la solita siringa, la solita bambagia, il solito cucchiaio disposti davanti a sé sul tavolo e in più nell'atto di venire ammanettata). E non è certamente Burroughs il tipo di scrittore dal quale ci si possa aspettare una reazione o una migliore organizzazione editoriale. Questo libro uscì mentre Burroughs era a Tangeri e subito Burroughs andò a brontolare con Paul Bowles, anche lui esule volontario in Africa, protestando contro certe clausole del contratto; ma le proteste non andarono al di là del brontolare. Quella del brontolare è una caratteristica che gli amici o anche solo i conoscenti di Burroughs conoscono bene. Burroughs parla con voce nasale e un forte accento; e con humour acido fino alla crudeltà, protesta, protesta, protesta continuamente, contro tutto e tutti, tutte le cose che gli accadono perché gli sono accadute e tutte le cose che non gli accadono perché non gli sono accadute; e tutte le cose che accadono o non accadono agli altri, e ai paesi, e ai governi, e al presente, e al passato, e al futuro. Non c'è nulla di quanto esiste che Burroughs approvi; e nulla che approverebbe ma ancora non esiste; nulla.

Gli appunti in cui prese a raccogliere le sue proteste, alla rinfusa, qua e là per il mondo, a un certo punto divennero voluminosi. Suoi mezzi espressivi erano la satira e l'allegoria, il sarcasmo e l'ironia, la tragicommedia e la beffa sanguinosa; e gli appunti gli si accumularono attorno, nella camera in cui viveva a Tangeri - arredata di un letto e di una orgone box *e ornata di istantanee e di pallottole del suo perpetuo tiro a segno - e nelle camere di Paul Bowles e degli amici che andava a trovare. Di queste pagine caotiche si cominciò a favo-*

leggiare; Allen Ginsberg e Jack Kerouac andarono a Tangeri e lo aiutarono a copiarle a macchina e a dar loro una forma: Ginsberg fece lo editing *e Kerouac inventò il titolo. Qualche anno dopo* The Naked Lunch *uscì e Burroughs scrisse su una rivista che impiegò un anno a capire il significato del titolo.*

In quel libro le proteste si accentrarono sulla schiavitù dell'uomo moderno. Il furore di Burroughs contro qualunque tipo di controllo trovò nella sua anarchia mentale qualche definizione; si cominciarono a delineare in quel suo furore due tipi di controllo, quello di chi "impone" un'idea alla maniera di Hitler e quello di chi tenta di "normalizzare" le idee. Il secondo tipo è seguito dai più sottili, pericolosi, infidi nemici dell'uomo; e Burroughs li definì exterminators, *sterminatori.*

Il suo terzo libro si intitolò appunto The Exterminator.

Ma i suoi aficionadoes *reagirono con perplessità a questo terzo libro. Ormai radicato nel clan cosmopolita dei disaffiliati di tutto il mondo esuli a Parigi, Burroughs era passato dalla fase della totale anarchia mentale e formale a una fase di vera e propria disintegrazione psicologica e letteraria:* The Exterminator *è scritto secondo la tecnica del* cut up. *Se questo passaggio è coerente col complessivo sviluppo dell'avanguardia americana (gli artisti New Dada stanno in questo momento controllando il fronte di New York) è in fondo ancora più coerente con un naturale sviluppo mentale di Burroughs, che a forza di buttare vetriolo su tutto ha finito col buttare vetriolo su se stesso. Ma questi* cut up -

che Burroughs ama chiamare collages ma in realtà sembrano piuttosto dei papiers collés - a noi sanno un po' di rispolveratura. Forse Burroughs intendeva servirsi di questi papiers collés per tentare esperimenti di quella telepatia collettiva che lo interessa tanto; e in un certo senso una qualche telepatia riesce a ottenere, se collegando ritagli di giornali e versi di poesie famose e versi suoi riesce a raggiungere un certo effetto espressivo - proprio di significato, non soltanto formale -; ma in fondo un racconto "vero", voglio dire scritto veramente da un vero scrittore, ha sempre in sé quel tanto di capacità telepatica da suscitare qualche sentimento nel lettore. Insomma, non so fino a che punto la telepatia contenuta in questi cut up sia dovuta alla indiscutibile potenza evocativa di Burroughs o ai suoi eventuali proponimenti scientifici o pseudoscientifici.

Molto più convincente sembra invece il suo quarto libro, The Soft Machine, di cui sono usciti per ora dieci episodi sulla rivista Olympia. Qui la tecnica del cut up è usata assieme alla tecnica della permutazione. La meccanicità, proprio manuale, di The Exterminator diventa qui superata o da un'abilità più perfezionata o da una maggiore capacità evocativa - o telepatica a dirla con Burroughs o allucinante a dirla con Ginsberg. Ci sono pezzi di vera e propria bravura alessandrina in cui con le stesse parole disposte in modo diverso vengono narrati episodi diversi; episodi, si badi, come possono essere gli episodi di Burroughs: tessere microscopiche di un mosaico senza principio e senza fine, caleidoscopi di una realtà vivisezionata e dissanguata fino a scheletri orrendi e senza pietà.

Aspettiamo ora, con la curiosità che sta sempre in agguato attorno agli scrittori famosi, il suo ultimo "romanzo", Novia Express, annunciato per la prossima stagione. Burroughs promette che di nuovo "l'oscenità" vi sarà usata come "arma totale" e di nuovo "spazzerà un universo immaginario"; da certi brani visti indiscretamente, sembra che la tecnica del cut-up vi raggiunga limiti di tensione impensabile.

Così come si presenta ora la sua produzione, sta il fatto che la sua figura di mentore di sbandati nella storia del costume, di intenditore di droghe nella storia del fenomeno letterario e di scrittore raffinatissimo e coltissimo nella storia della letteratura resta come sospesa sul filo della prospettiva storica. Ora che il dramma degli sradicati del secondo dopoguerra è degenerato nella farsa piccolo borghese degli imitatori e scimmiottatori di terza mano, diventa sempre più facile riconoscere negli scrittori e nei poeti autentici (Burroughs e Kerouac, Allen Ginsberg e Gregory Corso) la vera voce che ha espresso quel dramma, e insieme diventa sempre più difficile vincere il fastidio suscitato dagli imitatori; ma sarebbe ingiusto coinvolgere in quel fastidio - provocato soprattutto da un insopportabile lancio pubblicitario, dalla commercializzazione di film grotteschi fino alla diffamazione, dall'accanito orientamento di un fenomeno che è stato soprattutto letterario verso il costume - questi scrittori ormai avviati alla maturità senza avere conosciuto giovinezza, come si conviene a chi la giovinezza abbia sacrificato in esperienze brucianti.

Sull'importanza di queste esperienze potranno parla-

re i sociologhi, come hanno parlato delle esperienze alcooliche o sessuali dei disaffiliati del primo dopoguerra; e sull'importanza di Burroughs come scienziato di droghe potranno parlare i medici, come a suo tempo hanno parlato di Baudelaire o di De Quincey (ma con più rigore, perché Le confessioni *di De Quincey erano evocazioni poetiche, mentre da molte pagine di Burroughs scaturisce un vero e proprio documento medico). Ma sull'importanza di Burroughs scrittore, prima ancora che i critici letterari, bisognerebbe far parlare i suoi libri. E fra i suoi libri questo* Junkie, *col suo stile facile e piano, il suo taglio piatto e freddo, la sua mescolanza di termini medici e di parole di gergo, occupa un posto molto più importante di quanto non si voglia pensare. Nella storia della ricerca dell'identità, questo libro resterà il simbolo dell'isolamento individuale in un gruppo di iniziati come* The Naked Lunch *lo fu dell'isolamento individuale nella società,* The Exterminator *dell'isolamento dei singoli pensieri in uno stesso individuo e* The Soft Machine *dell'impossibilità a individuare perfino l'isolamento del pensiero.*

Se un difetto certa critica può trovare in Burroughs è la sua frammentarietà, a volte addirittura sconcertante; ma è chiaro che proprio questo può diventare la sua qualità fondamentale. Proprio perché è un anarchico non ci si possono aspettare strutture formali preordinate o precise da Burroughs: una disquisizione medica verrà interrotta da un'immagine oscena, un periodo di prosa ottocentesca verrà spezzato in un rigurgito di gergo, parole inventate verranno usate accanto a parole arcaiche; e sempre senza che Burroughs abbia l'aria di farlo apposta. Per la stessa ragione non ci si possono aspettare da lui strutture contenutistiche: c'è proprio, in Burroughs, questa doppia natura di scienziato e di visionario. Come Melville ha saputo alternare con la capacità narrativa e evocativa che conosciamo tutti pagine di storia e tecnica baleniera a pagine di poesia, Burroughs sa esprimere gli aspetti diversissimi dei suoi interessi poliedrici; la sfaccettatura della realtà attraverso la sua visione d'altronde non è che la sfaccettatura del suo modo di essere.

Eppure, mai in uno scrittore anarchico si è riscontrata una lucidità razionale e onnipresente come in questo Burroughs, che nella sua più recente produzione si va presentando come uno scrittore patafisico o magari anche solo surrealista. Se la patafisica e il surrealismo erano ancora lontani quando fece questo Junkie, *che potrebbe sembrare scritto da un medico tanto la cronaca tossicomane è seguita con rigore, il suo è però un rigore fittizio, perché a leggere il libro con occhi scaltriti ci si accorge che la chiave della narrazione in realtà non è la freddezza ma l'orrore, l'angoscia, l'incubo: basi, forse, del surrealismo a venire. La storia della donna che si droga di benzedrina perché ha una malattia che la condurrà al lento dissolvimento di tutte le ossa, o la descrizione delle varie fasi del male del drogato che si concludono in una ferita involontaria ai genitali ("mi esplosero scintille dietro gli occhi, mi si contorsero le gambe: l'orgasmo di un impiccato quando il collo si spezza"), o il piacere crudele con cui di sé l'autore in realtà descrive solo il momento in cui picchia la moglie che cerca di trattenerlo dalla droga, sono elementi* da non dimenticare nell'interpretazione generale di questo libro. Non c'è dubbio che della droga a Burroughs piacciono di più, spietatamente, i dolori che i piaceri; e se mai un allacciamento si può fare col passato forse ci si potrebbe orientare verso il marchese di Sade. In fondo, più ancora che con ironia, è con scarnificato divertimento che Burroughs descrive il direttore dell'ospedale psichiatrico come un imbecille dal "ghigno insano".

Eppure questo sadico, questo vivisezionatore spietato, questo drogato irreducibile che prende la droga senza averne più bisogno solo per frugare in esperienze proibite e mortali, in realtà, da bravo anarchico, è un moralista. Quando scrive trattati scientifici (e i suoi saggi sono stati pubblicati su riviste mediche inglesi) suo fine è soprattutto quello di indurre a una azione governativa non tanto nel senso della "repressione" quanto nel senso della "cura" della droga. Delle sue esperienze di drogato si serve per raccontare gli orrori della malattia infinitamente più che i suoi eventuali piaceri (per la verità, di questi favoleggiati piaceri non parla mai: parla di vomito e di diarrea, di svenimenti e di convulsioni, di apatia e di isterismo, al punto che ci si chiede veramente perché diavolo ci siano mai duecentomila drogati a New York); e quando ha saputo di questa edizione italiana di Junkie ha voluto che le venisse aggiunta un'appendice, scritta apposta per noi. È un saggio rigorosamente scientifico in cui Burroughs spiega come, dopo dodici anni di tossicomania oppiacea e dieci cure disintossicanti infruttuose, una certa cura seguita in Inghilterra (quella dell'apomorfina) lo abbia completamente guarito, non limitandosi a togliergli il "deside-

rio" della droga ma togliendogliene definitivamente il "bisogno"; e in cui presenta certe statistiche e fa certe affermazioni che dimostrano per lo meno la sua inequivocabile buona volontà nel non fare proseliti al mondo della droga. Non solo; questo suo saggio, violentemente polemico, attacca ancora una volta le legislazioni che si preoccupano di reprimere anziché curare il male (un male così crudele che sarebbe sbrigativo chiamarlo vizio secondo la terminologia corrente).

Non si dimentichi che è facile per una persona sana chiedersi come hanno fatto gli altri ad ammalarsi. La ripetizione ricorrente di Burroughs, che è inutile chiedere a un tossicomane "perché" è diventato un tossicomane, cela una specie di sottomissione a un destino magari ingiusto ma certo incontrollabile. Come dire che se Gauguin fosse rimasto nella sua bella casa a Parigi sarebbe morto, magari di arteriosclerosi, nel suo letto, invece di conoscere gli orrori delle isole felici; o come dire che se Van Gogh non fosse stato pazzo non si sarebbe tagliato l'orecchio e così via; ma è andata così e non c'è niente da fare. In fondo quello di Burroughs è un caso fortunato in cui qualcosa da fare c'è stato; perché il malato è riuscito a curarsi ed è riuscito a mettere le sue drammatiche esperienze a servizio non solo della medicina ma anche di un pubblico di lettori.

È l'esempio che Burroughs si propone in questo libro. D'altronde è chiaro che questo insolito drogato-scienziato della sua conoscenza di tutte le droghe esistenti si è servito non per assuefarsi all'uso di quelle afrodisiache o pseudodistensive, ma soltanto di quelle che avevano per lui un'importanza creativa. Le "sue" droghe sono quelle che esaltano la realtà più che alterarla; come se l'assurdità della realtà fosse così grande che solo attraverso una lente la si potesse individuare. In fondo, se a Burroughs si vuol dare per forza una qualifica nella storia del costume, lo si dovrebbe qualificare come la lente d'ingrandimento del microcosmo moderno.

Sotto questa lente il microcosmo non fa una gran bella figura. Non importa a Burroughs di scoprirne le cause, ma sta il fatto che assai più torbida del sottobosco della così detta malavita risulta l'aiuola fiorita della rispettabilità sociale. In questo senso Burroughs può venir considerato come continuatore della lunga tradizione di letteratura di protesta o di denuncia americana. Ultimo disaffiliato in ordine di tempo, il suo contenuto morale si riallaccia a quello dei primi disaffiliati della storia letteraria americana; da Poe a Withman a Melville fino a Hart Crane e ai recenti premi Nobel d'America. Il tema non cambia molto anche se cambiano gli argomenti: è facile dire che un tossicomane o la prostituzione o la pederastia sono fatti ributtanti, ma a guardarli bene sono molto meno ributtanti di tutti gli strati pseudo rispettabili che ruotano intorno a questi fenomeni e addirittura li usano come mezzo di lucro. C'è una scena in un libro di Burroughs nella quale vengono descritte le oscenità a cui in Africa si sottopongono certi adolescenti; ma nel momento in cui questa descrizione parrebbe rasentare la pornografia, il discorso si sposta e passa a spiegare l'organizzazione economica che circonda queste esibizioni pubbliche, nelle quali il protagonista viene trascinato a sua insaputa e comunque contro la sua volontà.

In Burroughs, scrittore di denuncia, la società che favorisce e organizza il mondo della droga, della prostituzione e della pederastia è una società altrettanto odiosa di quella che in James Jones organizza il sopruso nella vita militare o in Richard Wright il sopruso bianco contro i negri o in Caldwell il sopruso dei latifondisti contro i fittavoli e così via. Se questi scrittori sono stati accettati nella storia letteraria al di là della storia del costume, a più forte ragione deve venirvi accettato Burroughs; e le anime sensibili non dimentichino che era altrettanto sgradevole sentir parlare delle malefatte dei trust americani ai tempi di Upton Sinclair quanto è sgradevole ora sentir parlare del trust internazionale dello spaccio della droga. Chi leggerà il saggio che Burroughs ha voluto aggiungere all'edizione italiana di questo Junkie *non può non notare la frase: "È chiaro che organizzare un programma di cura per duecentomila tossicomani sarebbe costoso. Ma spendiamo già milioni di dollari all'anno in programmi che non hanno avuto risultati: programmi che non curano i tossicomani e non riducono l'indice della tossicomania"; o l'altra frase: "L'intiero mercato nero della droga verrebbe abolito (come in Inghilterra si è evitato che si creasse) permettendo ai medici di prescrivere una dose minima agli ammalati. Con questo sistema il malato non è costretto a comprare droga al mercato nero. Può svolgere la sua occupazione normale e condurre una vita non criminale".*

Certo, considerare questo scrittore-antropologo-scienziato - di gusto surrealista come scrittore, di formazione borghese come antropologo e di stampo rigorosamente razionalistico come scienziato - uno scrittore di denuncia è un po' ridicolo. So bene che Burroughs, anarchico totale e irreducibile, inorridirà a questa definizione e mi canzonerà per sempre e so bene che le definizioni sono sempre imprecise e sempre inutili; ma a volte una definizione può aprire uno spiraglio in una cattiva volontà. Se sono riuscita ad aprire questo spiraglio ho raggiunto il mio scopo; perché avrò indotto alla lettura di un libro che entrerà nella storia della letteratura americana e di un documento che aiuterà qualche povero malato a liberarsi dagli orrori della droga.

Come dice Burroughs, "a liberarsi dalla schiavitù degli agenti chimici".

5 gennaio 1962

LA SCIMMIA SULLA SCHIENA

ad A. L. M.

I nomi di tutti i personaggi descritti in questo libro sono immaginari. Ogni somiglianza tra tali nomi e quelli di persone reali, viventi o defunte, è una pura coincidenza.

Premessa

Nacqui nel 1914 in una solida casa di mattoni a tre piani d'una grande città del Middlewest. I miei genitori erano agiati. Mio padre dirigeva una ditta di legnami di sua proprietà. La casa aveva davanti un prato e dietro un cortile con giardino e peschiera, completamente recintato da uno steccato di assi. Ricordo il lampionaio che accendeva i fanali a gas sulla strada, e la Lincoln enorme, nera, lucente e le gite in macchina nel parco, la domenica. Tutti i puntelli di un modo di vivere sicuro e comodo, ormai scomparso per sempre. Potrei dilungarmi in una di quelle nostalgiche tiritere sull'anziano medico tedesco che abitava nella casa accanto, sui topi che scorrazzavano nel cortile, sull'automobile elettrica di mia zia, e sul mio beniamino, il rospo che viveva accanto alla peschiera.

In realtà le mie prime reminiscenze sono colorate

dalla paura degli incubi. Paventavo la solitudine, l'oscurità mi intimoriva e avevo paura di addormentarmi a causa di sogni in cui un orrore sovrannaturale sembrava sempre sul punto di prendere forma. Temevo che un giorno o l'altro il sogno sarebbe stato ancora lì al mio risveglio. Ricordo di avere udito una cameriera dire che il fumare l'oppio determina dolci sogni; rammento che esclamai: "Quando sarò grande fumerò l'oppio".

Da bambino andavo soggetto ad allucinazioni. Mi destai una volta alla luce dell'alba e vidi omuncoli intenti a trastullarsi in una casa di cubetti ch'io avevo costruito. Non provai alcun timore; soltanto una sensazione di calma e di meraviglia. Un'altra allucinazione ricorrente - o incubo - concerneva "animali alla parete" e incominciò con il delirio d'una strana febbre non diagnosticata ch'io ebbi a quattro o cinque anni.

Frequentai una scuola progressista insieme ai futuri, solidi cittadini - gli avvocati, i medici, gli uomini di affari - della grande città del Middlewest. Ero timido con gli altri bambini e temevo la violenza fisica; un'aggressiva piccola lesbica mi tirava i capelli ogni volta che m'incontrava. Ora mi piacerebbe darle un pugno in faccia, ma alcuni anni fa cadde da cavallo e si ruppe l'osso del collo.

Quando ero sui sette anni, i miei genitori decisero di trasferirsi nei sobborghi "per allontanarsi dalla gente". Acquistarono una grande villa con molto terreno, e boschi, e una peschiera, infestata dagli scoiattoli anziché dai topi. Vi abitarono come in una comoda nicchia, con un giardino meraviglioso, privi di ogni contatto con la vita della città.

Io venni iscritto a una scuola media privata suburbana. Non mi distinguevo né sfiguravo in modo particolare negli sport, non brillavo negli studi, ma neppure rimanevo indietro. Mi mancava senz'altro il pallino per la matematica o per tutto ciò che fosse meccanico. Non mi piacquero mai i giochi di squadra basati sull'emulazione e li evitavo ogni volta che m'era possibile; divenni insomma un finto malato cronico. Mi piaceva andare a pesca e a caccia e fare passeggiate. Leggevo più di quanto fossero soliti fare i ragazzi americani di quell'epoca e in quei luoghi: Oscar Wilde, Anatole France, Baudelaire, anche Gide. Mi affezionai in modo romantico a un altro ragazzo e trascorrevamo le domeniche esplorando antiche cave, facendo passeggiate in bicicletta e pescando in stagni e fiumi.

In quel periodo mi colpì moltissimo l'autobiografia di un ladro intitolata *Non puoi vincere.* L'autore sosteneva di aver passato in carcere una buona parte della sua esistenza; il libro mi parve piacevole in confronto alla tediosa esistenza nel sobborgo del Middlewest, dove ogni contatto con la vita era precluso. Nel mio amico cominciai a vedere un alleato, un complice di delitti: trovammo una fattoria abbandonata, rompemmo tutti i vetri delle finestre e rubammo uno scalpello. Fummo colti sul fatto e i nostri padri dovettero pagare i danni; dopo questo episodio il mio amico non volle più saperne di me perché i nostri rapporti mettevano in pericolo la sua posizione nei confronti dei compagni. Mi resi conto che non era possibile alcun compromesso con i compagni, con gli altri, e venni a trovarmi molto solo.

L'ambiente era deserto, l'antagonista celato, e io

mi diedi ad avventure solitarie. Le mie azioni criminose erano bei gesti, per nulla proficui, e nella grande maggioranza dei casi non venivano punite; entravo di nascosto in case private e mi aggiravo qua e là senza toccare nulla. In effetti, non avevo alcuna necessità di denaro. A volte giravo per le campagne con un fucile calibro 22, sparando ai polli. Rappresentavo un pericolo sulle strade, guidando avventatamente, finché un incidente dal quale per un portentoso miracolo uscii illeso mi spaventò al punto da riportarmi alla normale prudenza.

Mi iscrissi a una delle tre grandi università e mi laureai in letteratura inglese non essendo interessato ad alcuna delle altre discipline. Odiavo l'università, e odiavo la città nella quale essa si trovava. Tutto, in quel luogo, era morto. L'università era una fasulla organizzazione inglese frequentata dai diplomati di fasulle scuole pubbliche inglesi; mi sentivo solo; non conoscevo nessuno e gli estranei venivano disprezzati dalla chiusa corporazione dei desiderabili.

Conobbi per caso alcuni ricchi omosessuali appartenenti alla setta internazionale degli invertiti; viaggiano per il mondo imbattendosi l'uno nell'altro in locali equivoci, da New York al Cairo. Ebbi modo così di studiare una maniera di vivere, un gergo speciale, allusioni particolari, un intero sistema di vita, come dicono i sociologi. Ma questi individui erano per la massima parte degli incapaci e, dopo essermene lasciato inizialmente affascinare, mi disincantai.

Allorché mi fui laureato, senza lode, disponevo di un lascito di centocinquanta dollari mensili. Si era in piena crisi economica e non si trovavano impieghi, né del resto io riuscivo a concepire una qualsiasi occupazione che potesse piacermi. Vagabondai in Europa per circa un anno. Continuavano ancora a farsi sentire le conseguenze dello sfacelo postbellico; i dollari americani potevano comperare una buona parte degli abitanti dell'Austria, maschi o femmine. Tutto ciò accadeva nel 1936 e i nazisti stavano per prevalere.

Tornai negli Stati Uniti. Grazie al lascito potevo vivere senza lavorare o "arrangiarmi" in qualche modo. Mi sentivo ancora tagliato fuori dalla vita, come lo ero stato nei sobborghi del Middlewest. Perdetti tempo frequentando corsi di psicologia per laureati e prendendo lezioni di giudò. Decisi di sottopormi alla psicanalisi e continuai con quella terapia per tre anni; la psicanalisi eliminò le inibizioni e l'ansia, per cui potei vivere come più mi piaceva. Gran parte dei miei progressi nella terapia vennero compiuti a onta dell'analista, al quale non garbava il mio "orientamento", come lo definiva lui. Egli rinunciò infine all'obiettività analitica e mi classificò come "un bluff di prim'ordine". Rimasi più soddisfatto di lui dei risultati.

Dopo essere stato respinto per motivi fisici alla visita medica di cinque corsi allievi ufficiali, fui chiamato alle armi e dichiarato abile al servizio illimitato. Mi dissi che la vita militare non mi sarebbe piaciuta e feci ricorso a miei precedenti in manicomio... Avevo avuto una volta una crisi alla Van Gogh e mi ero tagliato la falange di un dito per far colpo su una persona che mi stava a cuore in quel momento. I medici del manicomio non avevano mai sentito parlare di Van Gogh; dissero ch'ero uno schizofrenico e aggiunsero "tipo paranoico" per spiegare lo stranissimo fatto che sapevo dove mi trovavo e anche chi era il presidente degli Stati Uniti. I medici militari, non appena venuti a conoscenza di tale diagnosi, mi riformarono con l'annotazione "non deve più essere richiamato".

Dopo aver dato l'addio all'esercito, feci una quantità di mestieri. A quei tempi era possibile trovare press'a poco qualsiasi impiego si volesse. Lavorai come investigatore privato, come disinfestatore, come barista. Lavorai in fabbriche e in uffici. Mi trastullai ai margini del delitto. Ma disponevo sempre dei miei centocinquanta dollari mensili; e non mi occorreva denaro. Sembrava una stravaganza romantica porre a repentaglio la mia libertà con qualche simbolico gesto criminoso. Press'a poco in quel periodo, e in tali circostanze, feci le prime esperienze con gli stupefacenti, divenni un tossicomane, e di conseguenza iniziò per me l'assillo, l'autentica necessità del denaro che prima non avevo mai avuto.

Capita spesso di sentirsi porre la domanda: perché si diviene tossicomani?

Si può rispondere che di solito l'individuo non intende divenire dedito al vizio. Non ci si sveglia un mattino decidendo di darsi alla droga. Occorrono almeno tre mesi di punture praticate due volte al giorno per scivolare nel vizio degli stupefacenti. E non si sa realmente che cosa sia la smania della droga fino a quando le assuefazioni non siano divenute numerose. Mi occorsero quasi sei mesi per divenire affetto dalla mia prima tossicomania, e poi i sintomi della disassuefazione furono blandi.

Mi si potrebbero porre, naturalmente, altre domande: perché ha provato i narcotici? Perché ha continuato quanto bastava per divenire un tossicomane? Si scivola nel vizio degli stupefacenti perché non si hanno forti moventi in alcun'altra direzione. La droga trionfa per difetto. Io la sperimentai a titolo di curiosità. Continuai a praticarmi punture quando ne ebbi la possibilità. E finii con il restar preso all'amo. Quasi tutti i tossicomani con i quali ho avuto l'occasione di parlare riferiscono una analoga esperienza. Chi non è mai stato dedito al vizio degli stupefacenti, non può farsi un'idea chiara di quel che significa sentire il bisogno della droga con la particolare intensità del tossicomane. Non si decide di diventare tossicomani. Un mattino ci si desta in preda al "malessere" e lo si è.

Non mi sono mai pentito delle mie esperienze con le droghe. Credo di essere in condizioni di salute migliori adesso, dopo aver fatto ricorso a intervalli alla droga, di quanto lo sarei se non fossi mai stato un tossicomane. Quando si smette di crescere, si incomincia a morire. Chi è dedito alla droga non smette mai di crescere; quasi tutti i tossicomani si liberano periodicamente del vizio, il che implica un rinnovamento dell'organismo e la sostituzione delle cellule intossicate. Il tossicomane attraversa un ciclo ininterrotto di diminuzione e di crescita nella fase quotidiana della sua necessità di praticarsi una puntura.

Quasi tutti i tossicomani hanno un aspetto più giovanile della loro età. Gli scienziati hanno eseguito di recente esperimenti con un verme che essi riuscirono a far decrescere evitando di somministrargli il cibo. Mediante questi decrescimenti periodici che implicavano uno sviluppo incessante, la vita del verme venne prolungata indefinitamente. Forse, se l'intossicato potesse mantenersi in uno stato costante di disassuefazione, vivrebbe fino a un'età fenomenale.

La droga è un'equazione cellulare che insegna al tossicomane verità di validità generale. Io ho imparato molto ricorrendo alla droga: ho veduto la vita misurata in pompette contagocce di morfina in soluzione. Ho provato quella straziante privazione che è il desiderio della droga e la gioia del sollievo quando le cellule assetate di droga la bevono dall'ago. Forse ogni piacere è sollievo. Ho appreso lo stoicismo cellulare che la droga insegna al tossicomane. Ho veduto una cella di prigione piena di tossicomani in preda alle sofferenze per la privazione della droga, silenziosi e immobili ciascuno nella sua individuale infelicità. Sapevano quanto fosse inutile lamentarsi o agitarsi. Sapevano che, fondamentalmente, nessuno è in grado di aiutare il prossimo suo. Non esiste chiave, non esiste segreto in possesso di qualcuno e che possano esserti ceduti.

Ho imparato l'equazione della droga. La droga non è, come l'alcool o come la marijuana, un mezzo per intensificare il godimento della vita. La droga non è euforia. È un modo di vivere.

I

La prima esperienza con la droga la feci durante la guerra, verso il 1944 o il 1945. Avevo conosciuto un tale a nome Norton che lavorava allora in un cantiere navale. Norton, il cui vero cognome era Morelli o qualcosa di simile, era stato congedato in tempo di pace dall'esercito per aver falsato un foglio paga e aveva l'indice minimo di classificazione per il suo pessimo carattere. Somigliava a George Raft, ma più alto. Si sforzava di imparar a parlare meglio l'inglese e di acquisire modi piacevoli e affabili; l'amabilità, tuttavia, non gli si confaceva. Quando non si controllava, la sua espressione era arcigna e cattiva, e intuivi che aveva sempre quell'espressione poco rassicurante quando ti voltava le spalle.

Norton era un ladro accanito e non si sentiva a posto se non rubava qualcosa ogni giorno nel cantiere navale in cui lavorava; un attrezzo, qualche barattolo di prodotti in scatola, un paio di tute, qualunque cosa. Un giorno mi telefonò e disse che aveva rubato un mitra. Non avrei potuto trovare qualcuno che lo comprasse? Gli risposi: "Può darsi. Portamelo".

Infieriva la crisi degli alloggi. Pagavo quindici dollari alla settimana per un lurido appartamento che dava su una scaletta e non vedeva mai il sole. La carta da parati andava staccandosi perché il radiatore perdeva vapore quando nelle tubazioni esisteva vapore che si potesse perdere. Avevo tamponato ben bene le finestre con un calafataggio di giornali per difendermi dal freddo. La casa era piena di scarafaggi e di tanto in tanto eliminavo una cimice.

Sedevo accanto al radiatore, piuttosto bagnato a causa del vapore, quando udii bussare Norton. Andai ad aprire la porta, ed eccolo in piedi nel corridoio buio, con un grosso pacco avvolto in carta marrone sotto il braccio. Sorrise e disse: "Salve".

"Entra, Norton," dissi io, "e togliti il cappotto."

Tolse la carta che avvolgeva il mitra; lo montammo e facemmo scattare il percussore.

Dissi che avrei trovato qualcuno disposto ad acquistarlo.

Norton esclamò: "Oh, ho arraffato qualcos'altro".

Era una scatoletta piatta e gialla con cinque fialette da mezzo grano[1] di tartrato di morfina.

"Questo è solo un campione," disse lui, indicando la morfina. "A casa ne ho altre quindici uguali

[1] Un grano equivale a gr. 0,0648 (N. d. T.).

e posso procurarne ancora se riuscirai a piazzarle."

"Vedrò quel che potrò fare," risposi.

A quel tempo non avevo ancora provato alcuna droga e non mi passò neppure per la mente di cominciare. Mi misi in cerca di qualcuno che fosse disposto ad acquistare i due oggetti e così mi imbattei in Roy e Herman.

Conoscevo un giovane delinquente della regione settentrionale dello stato di New York che lavorava come cuoco avventizio da Jarrow, "riposandosi", come spiegava lui. Gli telefonai, gli dissi che avevo qualcosa di cui sbarazzarmi e gli fissai un appuntamento all'Angle Bar dell'Ottava Avenue, vicino alla Quarantaduesima Strada.

Questo bar era frequentato dai delinquenti della Quarantaduesima Strada, una genia singolare di impostori e sedicenti criminali. Costoro sono sempre in cerca dell' "uomo del colpo", qualcuno che studi colpi grossi e dica loro con esattezza il da farsi. Poiché non esiste organizzatore di colpi grossi che vorrebbe avere a che fare con gente così ovviamente inetta, disgraziata e fallita, essi continuano a cercare, inventando menzogne assurde sulle loro grandi imprese e "riposandosi" come lavapiatti, garzoni di bar, camerieri, truffando di quando in quando un ubriaco o un timido invertito, cercando, cercando sempre l' "uomo del colpo" con un lavoro importante in vista che dica loro: "Ti ho tenuto d'occhio. Tu sei l'uomo che fa per me in questa impresa. Dunque, stammi a sentire..."

Jack - per il cui tramite conobbi Roy e Herman - non era una di queste pecorelle smarrite in cerca del pastore dall'anello con diamante al dito, la pistola nella fondina appesa alla spalla e la voce aspra e spavalda che fa pensare a conoscenze, corruzioni e colpi tali da rendere facile e certo un furto con scasso. Jack aveva molto successo, di quando in quando, e appariva allora con vestiti nuovi e persino con automobili nuove fiammanti. Era inoltre un incallito bugiardo e sembrava mentire più per se stesso che per un qualsiasi visibile ascoltatore. Aveva una piacevole, sana faccia campagnola, ma v'era in lui un che di stranamente malsano. Andava soggetto a improvvise fluttuazioni di peso, come un diabetico o un sofferente di fegato. Queste oscillazioni di peso si accompagnavano spesso a irreprimibili crisi di irrequietudine, e di conseguenza egli scompariva per qualche giorno.

Se ne riceveva un'impressione fantastica. Lo vedevi a un certo momento con l'aria di un giovincello dal viso fresco. Una settimana dopo, magari, tornava in circolazione così magro, giallognolo e invecchiato che dovevi guardarlo due volte per riconoscerlo. La faccia era incisa da rughe di sofferenza, alla quale gli occhi non prendevano parte; era una sofferenza limitata alle sue cellule. In quanto a lui - all'Io conscio che ti contemplava dagli occhi vitrei, placidi e all'erta al contempo del delinquente - non aveva nulla a che fare con tale sofferenza del suo altro Io ripudiato, una sofferenza del sistema nervoso, della carne, dei visceri e delle cellule.

Si insinuò nel séparé dove mi ero messo a sedere e ordinò un whisky. Lo trangugiò d'un fiato, posò il bicchiere e mi fissò con la testa un po' reclinata da un lato e all'indietro.

"Cos'è che ha quel tizio?" domandò.

"Un mitra e trentacinque grani circa di morfina."

"La morfina posso piazzarla subito, ma per il mitra può darsi che ci voglia un po' di tempo."

Due agenti entrarono e si appoggiarono al banco del bar conversando con il barista. Jack accennò con la testa nella loro direzione. "La legge. Facciamo un giretto."

Lo seguii fuori del bar. Passò per la porta insinuandovisi di fianco. "Ti porto da qualcuno che vorrà la morfina," disse. "Ma dovrai dimenticartene l'indirizzo."

Scendemmo fino al piano più basso della Indipendent Subway. La voce di Jack, intento a conversare con il suo invisibile pubblico, continuava e continuava. Egli aveva una particolare abilità nello scaraventarti la propria voce direttamente nella coscienza; nessuno strepito esterno riusciva a soffocarla. "Dammi un calibro trentotto in qualunque circostanza. Mi basta alzare il cane e lasciarla partire. Stendo chiunque a centocinquanta metri di distanza. Mio fratello aveva due mitra calibro trenta nascosti nello Iowa."

Uscimmo dalla sotterranea e incominciammo a camminare sui marciapiedi coperti di neve, tra i caseggiati.

"Quel tizio mi doveva soldi da un pezzo, capisci? Sapevo che li aveva ma non voleva pagare e così lo aspettai all'uscita dal lavoro. Mi ero munito di un rotolo di monete... Non possono accusarti di nessun reato perché hai in tasca valuta degli Stati Uniti. Lui disse di non avere un centesimo. Gli spaccai la mascella e gli presi il denaro che mi doveva; c'erano lì due suoi amici, ma si tennero alla larga. Li avrei accoltellati."

Stavamo salendo le scale di un caseggiato popolare. Le scale erano fatte di consunto metallo nero. Ci fermammo davanti a una porta stretta, rivestita di metallo, e Jack bussò in modo complicato, inclinando la testa verso il pavimento come uno scassinatore di casseforti. La porta venne aperta da un invertito grosso, flaccido, di età media, con tatuaggi sugli avambracci e persino sul dorso delle mani.

"Ti presento Joey," disse Jack, e Joey disse: "Ehilà, salute".

Jack si tolse di tasca un biglietto di banca da cinque dollari e lo diede a Joey. "Procuraci un quarto di Schenley, ti spiace, Joey?"

Joey infilò il cappotto e uscì.

In molti appartamenti di caseggiati popolari la porta di casa dà direttamente sulla cucina. Quello era uno di tali appartamenti e noi ci trovavamo in cucina.

Quando Joey fu uscito, notai un altro individuo che, stando lì in piedi, mi fissava. Ondate di ostilità e di sospetto fluivano dai suoi grandi occhi castani come una sorta di trasmissione televisiva. L'effetto era alquanto simile a un urto materiale. L'uomo era basso di statura e magrissimo e il collo gli ballava nel colletto della camicia. La carnagione andava dal bruno al giallo maculato ed egli si era applicato con mano pesante un trucco a base di cerone nel tentativo di nascondere un'eruzione della pelle. Aveva la bocca abbassata agli angoli, in una smorfia di petulante irritazione.

"Chi è costui?" domandò. Si chiamava, lo seppi in seguito, Herman.

"Un amico mio. Ha un po' di morfina di cui vuole sbarazzarsi."

Herman alzò le spalle e voltò le mani. "Credo proprio che non m'interessi."

"Okay," disse Jack, "la venderemo a qualcun altro. Vieni, Bill."

Passammo nella stanza di fronte. V'erano un piccolo apparecchio radio, un Buddha cinese e dinanzi ad esso una candela votiva, altre anticaglie. Un uomo era coricato sul divano letto. Si drizzò a sedere quando entrammo nella stanza, salutò e ci rivolse un sorriso piacevole, scoprendo denti ingialliti, brunastri. La sua era la voce del meridionale con l'accento dell'Est del Texas.

Jack disse: "Roy, questo è un mio amico. Ha un po' di morfina e vuole venderla".

Quel tizio si raddrizzò meglio sul divano e abbassò le gambe. La mascella gli pendeva allentata, dando al suo viso un'espressione vacua. Aveva gli zigomi alti e lo si sarebbe detto un orientale. Le orecchie sporgevano ad angolo retto dal cranio asimmetrico; gli occhi, castani, avevano una singolare luminosità, come se puntini di luce splendessero dietro a essi. La luce della stanza brillava come opale nei puntini luminosi di quegli occhi.

"Quanta ne ha?" mi domandò.

"Settantacinque fiale da mezzo grano."

"Il prezzo normale è di due dollari al grano," egli disse, "ma le fiale valgono un po' meno. La gente vuole compresse. Quelle fiale contengono troppa acqua e bisogna vuotarle del contenuto e renderlo più concentrato facendolo bollire." Si interruppe e il viso gli divenne inespressivo. «Potrei arrivare a un dollaro e mezzo al grano,» soggiunse infine.

«Penso che possa bastare,» dissi io.

Mi domandò come avremmo potuto metterci in contatto e gli diedi il mio numero di telefono.

Joey tornò con il whisky e bevemmo tutti quanti. Herman fece capolino dalla cucina e disse a Jack: «Potrei parlarti un momento?»

Udii che discutevano su non so cosa. Poi Jack rientrò nella stanza e Herman rimase in cucina. Bevemmo tutti qualche altro whisky e Jack incominciò a raccontare un fatto.

«Il mio socio mi stava truffando. S'era addormentato e io mi chinai su di lui con un tubo di piombo lungo novanta centimetri trovato nel bagno. Alla estremità del tubo c'era un rubinetto, capito? Tutto a un tratto lui balza su e salta fuori del letto, correndo. Gli assesto una mazzata con l'estremità del tubo dove c'era il rubinetto e quello continua a correre fino all'altra stanza con uno zampillo di sangue alto tre metri che gli sprizza fuori della testa a ogni battito del cuore.» Fece con la mano il movimento di una pompa. «Si vedeva il cervello e il sangue che ne usciva.» Jack prese a ridere senza riuscire a dominarsi. «La mia ragazza mi aspettava fuori in macchina. Disse che ero - ha-ha-ha! - disse che ero - ha-ha-ha! - un assassino a sangue freddo.»

Rise tanto che il viso gli si imporporò.

Alcune sere dopo aver conosciuto Roy e Herman adoperai una delle fialette e fu la mia prima esperienza con la droga. Queste fialette sono come tubetti di dentifricio con un ago all'estremità. Si infila uno spillo nell'ago, lo spillo fora la chiusura di gomma e la fialetta è pronta per l'iniezione.

La morfina agisce dapprima sul dorso delle gambe, poi alla nuca, un'ondata di rilassamento che si diffonde e allenta i muscoli come staccandoli dalle ossa, per cui si ha l'impressione di galleggiare senza contorni, come se si giacesse in acqua calda e salsa. Man mano che questa ondata di rilassamento si irradiava nei miei tessuti, fui pervaso da una violenta sensazione di paura; ebbi l'impressione che una immagine orribile si trovasse appena al di là del mio campo visivo, spostandosi ogni volta ch'io voltavo la testa, per cui non riuscivo mai a scorgerla. Ero in preda alla nausea; mi distesi e chiusi gli occhi. Passò dinanzi a me una serie di immagini, come se assistessi alla proiezione di un film: un bar enorme, illuminato al neon, che si espandeva sempre e sempre più, fino a includere strade, traffico e lavori di riparazioni stradali; una cameriera che serviva un cranio su un vassoio; stelle in un limpido cielo. L'urto fisico del timore della morte; il respiro che veniva a mancare; la circolazione del sangue che cessava.

Mi appisolai e mi destai con un sussulto di spavento. La mattina dopo vomitai ed ebbi nausea fino a mezzogiorno.

Roy telefonò quella sera.

"A proposito del nostro discorso dell'altra sera," disse. "Potrei arrivare a circa quattro dollari per scatola e acquistare subito cinque scatole. È occupato, adesso? Verrò io a casa sua. Ci metteremo d'accordo."

Pochi minuti dopo bussava alla porta. Indossava un vestito sportivo di lana e una camicia scura color caffè.

Ci salutammo. Lui si guardò intorno con una espressione vacua e disse: "Se non le dispiace, me ne faccio una subito".

Aprii la scatola. Prese una fialetta e se ne iniettò il contenuto in una gamba. Si tirò su con vivacità i pantaloni e si tolse di tasca venti dollari. Misi cinque scatole sul tavolo di cucina.

"Credo che le toglierò dalle scatole," disse. "Sono troppo ingombranti."

Incominciò a mettere le fialette nelle tasche della giacca. "Penso che in questo modo non le perforeranno," disse. "Senta, tornerò di nuovo tra un giorno o due, quando sarò riuscito a piazzarle e avrò altri quattrini." Si stava aggiustando il cappello sul cranio asimmetrico. "Ci vediamo."

Si rifece vivo il giorno dopo. Si iniettò un'altra dose e tirò fuori quaranta dollari. Gli consegnai dieci scatole e ne tenni due.

"Queste sono per me," dissi.

Mi fissò, stupito. "Se ne serve?"

"Di tanto in tanto."

"È veleno," disse, crollando il capo. "La peggior cosa che possa capitare a un uomo. Crediamo tutti di poterci dominare, all'inizio. Ma a volte non vogliamo dominarci." Rise. "A questo prezzo prenderò tutto quello che riuscirà a procurarsi."

Il giorno dopo era di nuovo lì. Mi domandò se

non fossi disposto a cambiare idea e a vendergli le due scatole. Gli risposi con un no. Acquistò due fialette per un dollaro ciascuna, se le iniettò entrambe e se ne andò. Disse che si era impegnato a fare un viaggio di due mesi.

II

Durante il mese che seguì adoperai le otto fialette non vendute. La paura che avevo provato dopo essermi iniettato il contenuto della prima fialetta non fu più percettibile quando arrivai alla terza; eppure, di quando in quando, dopo essermi praticato un'iniezione, mi destavo ancora di soprassalto, con un sussulto di spavento. Dopo circa sei settimane diedi a Roy un colpo di telefono, pur non aspettandomi che fosse tornato dal viaggio; udii invece la sua voce all'altro capo del filo.

Dissi: "Senta un po', non ha niente da vendermi? Di quella roba che le cedetti io?"

Seguì un silenzio.

"Be', sì," disse lui, "posso procurargliene sei, ma le costeranno tre dollari al grano. Non ne ho molte, lei capisce."

"Okay," risposi. "Conosce la strada. Me le porti qui."

Erano dodici compresse da mezzo grano in un tubetto di vetro sottile. Gli diedi diciotto dollari e lui si scusò ancora per quel prezzo al dettaglio.

Il giorno dopo me ne ricomprò per due grani.

"È difficilissimo procurarsele, a qualunque prezzo," disse, cercandosi una vena nella gamba. Finalmente ne trovò una e vi iniettò il liquido assieme a una bolla d'aria. "Se le bolle d'aria potessero uccidere, non rimarrebbe più un tossicomane vivo."

Più tardi, quello stesso giorno, Roy mi mostrò una farmacia dove vendevano aghi senza fare domande; pochissime farmacie li vendono senza ricetta. Mi insegnò come si avvolge una strisciolina di carta per adattare l'ago a una pompetta contagocce. La pompetta contagocce è più semplice a utilizzarsi delle normali siringhe ipodermiche, specie per praticarsi endovenose.

Parecchi giorni dopo Roy mi mandò da un medico a raccontargli balle su certi miei calcoli al rene, per indurlo a rilasciarmi una ricetta di morfina. La moglie del medico mi sbatté la porta in faccia, ma infine Roy riuscì a passare ugualmente e a convincere il medico a rilasciargli una ricetta per dieci grani.

Lo studio del medico si trovava sul territorio della droga, nella Centoduesima Strada, vicino a Broadway. Il dottore era un vecchio tremolante e non sapeva opporre resistenza ai tossicomani che gremivano lo studio ed erano, in effetti, gli unici suoi pazienti. A quanto pare, gli dava una sensazione di importanza il guardar fuori dello studio e il vedere una sala d'aspetto piena di gente. Credo che fosse ormai giunto al punto in cui era in grado di modificare la realtà adattandola alle proprie esigenze, e quando si affacciava sulla porta dello studio vedeva una clientela distinta ed eclettica, elegantemente vestita, con ogni probabilità, nello stile del 1910, anziché un branco di morfinomani dall'aspetto malconcio, venuti a strappargli una ricetta di morfina.

Roy scompariva a intervalli di due o tre settimane. Lavorava nei trasporti militari, e di solito i suoi viaggi erano brevi. Allorché si trovava in città, in genere ci dividevamo qualche ricetta; ma poi il vecchio dottore della Centoduesima Strada perdette del tutto la trebisonda e nessuna farmacia volle più accettare le sue ricette. Tuttavia Roy scovò un medico italiano nel Bronx disposto a rilasciarne.

Io mi praticavo una puntura di quando in quando, ma ero ben lungi dall'essere scivolato nel vizio. In questo periodo traslocai in un appartamento del Lower East Side. Era un caseggiato popolare, con la porta di casa che dava sulla cucina.

Incominciai a farmi vedere tutte le sere all'Angle Bar e frequentai parecchio Herman. Riuscii a sormontare la pessima impressione che gli avevo fatto all'inizio e ben presto incominciai a offrirgli bicchierini e cene; in quanto a lui, a intervalli regolari, mi scroccava spiccioli. Herman non aveva il vizio della droga in quel periodo. In effetti, gli accadeva di rado di esserne preso, a meno che non ci fosse qualcuno a pagare. Ma era sempre "su" per qualche stupefacente, marijuana, benzedrina, oppure lo trovavi svanito a causa delle capsule di nembutal. Veniva all'Angle ogni sera con un villanzone grande e grosso a nome Whitey. C'erano quattro Whitey nella cricca dell'Angle, il che determinava confusioni. In questo Whitey l'ipersensibilità del nevrotico si associava a una prontezza da psicopatico alla violenza; egli era persuaso che nessuno lo apprezzasse e ciò sembrava crucciarlo moltissimo.

Un martedì sera Roy e io ci trovavamo in piedi a un'estremità del banco dell'Angle. Erano presenti Mike Sotterranea e Frankie Dolan. Dolan, un irlandese, guercio da un occhio, era specializzato in losche imprese, percuoteva gli ubriachi indifesi, derubava i colleghi. "Non so che cosa sia l'onore," soleva dire. "Sono un farabutto." E ridacchiava.

Mike Sotterranea aveva una faccia larga, pallida, e lunghi denti. Aveva l'aria di qualche tipo specializzato di animale sotterraneo le cui prede siano costituite dagli animali che vivono sulla superficie della terra. Era un abile borseggiatore di ubriachi nella sotterranea, ma non aveva appoggi. Qualsiasi piedipiatti poteva star certo di aver fatto una buona pesca al solo vederlo, ed egli era ben noto alla squadra della sotterranea. Così Mike passava una metà del suo tempo sull'"isola" a scontarvi i cinque mesi e ventinove giorni della condanna per aver derubato ubriachi.

Quella sera Herman era svanito a causa del nembutal e seguitava a lasciar cadere la testa sul banco. Whitey andava avanti e indietro a gran passi lungo il banco, cercando che qualcuno gli offrisse da bere. I ragazzi al banco sedevano irrigiditi e tesi, stringendo tra le dita i bicchieri, affrettandosi a intascare il resto. Udii Whitey dire al barista: "Tienimi questo, ti spiace?" e gli passò oltre il banco quel suo grosso coltello a serramanico. I ragazzi continuavano a sedere silenziosi e tetri sotto le lampade fluorescenti. Avevano tutti quanti paura di Whitey, tutti eccetto Roy. Roy sorseggiava incupito la birra. Gli occhi gli splendevano con quella loro singolare fosforescenza; il suo lungo corpo asimmetrico era drappeggiato contro il banco. Non guardava Whitey, ma la parete opposta, dove si allineavano i séparé. A un certo momento mi disse: "Non è più ubriaco di me; è soltanto assetato".

Whitey si teneva ritto nel bel mezzo del bar, con i pugni chiusi e il viso rigato di lacrime. "Sono un buono a niente," diceva. "Sono un buono a niente. Non so quello che faccio, possibile che nessuno lo capisca?"

I ragazzi cercavano di stare alla larga da lui il più possibile senza attrarne l'attenzione.

Slim Sotterranea, il socio occasionale di Mike, entrò e ordinò una birra. Era alto e ossuto e quella sua brutta faccia aveva un'espressione curiosamente inanimata, come se fosse fatta di legno. Whitey gli diede una manata sulla schiena e udii Slim dire: "Cristo, lasciami in pace, Whitey". Vi fu un altro scambio di frasi che non riuscii a udire. In qualche punto lungo il banco Whitey doveva essersi fatto ridare il coltello dal barista; si portò alle spalle di Slim e a un tratto gli cacciò la mano contro la schiena. Slim stramazzò in avanti contro il banco, gemendo. Vidi Whitey portarsi nella parte anteriore della sala e guardarsi intorno; chiuse il coltello a serramanico e se lo infilò in tasca.

Roy disse: "Andiamo".

Whitey era scomparso e il bar rimase deserto, eccettuato Mike che stava tenendo Slim sollevato da un lato. Frankie Dolan lo sorreggeva dall'altro.

Il giorno dopo seppi da Frankie che Slim era fuori pericolo. "L'ammazzacristiani all'ospedale ha detto che il coltello ha mancato per un pelo un rene."

Roy disse: "Il gran sporcaccione. Potrei anche sopportare uno che fosse tutto muscoli, ma un tipo come quello che va attorno a elemosinare spiccioli al bar! Stavo per dargli una lezione. Stavo per rifilargli un calcio al basso ventre, poi avrei preso una di quelle bottiglie di birra da un quarto nella cassa sul pavimento e glieI'avrei spaccata sul cranio. Con un villanzone come quello devi ricorrere alla strategia".

Venimmo esclusi tutti quanti dall'Angle che, di lì a poco, cambiò nome e si chiamò Kent Grill.

Una sera mi recai all'indirizzo di Henry Street in cerca di Jack. Venne ad aprirmi la porta una giovane donna alta di statura, dai capelli rossi.

"Sono Mary," disse, "si accomodi."

A quanto parve, Jack si trovava a Washington per affari.

"Venga in salotto," disse lei, scostando una tenda di velluto rosso. "Con il padrone di casa e con gli esattori parlo in cucina. Noi 'viviamo' qui."

Mi guardai intorno. Le anticaglie erano scomparse. La stanza aveva tutto l'aspetto di un ristorante cinese. V'erano tavolini laccati, neri e rossi, sparsi qua e là; tendaggi neri coprivano la finestra. Sul soffitto era stata dipinta una ruota colorata, con quadratini e triangolini di tinte diverse che davano un effetto a mosaico.

"È stato Jack," disse Mary, indicando la ruota. "Avrebbe dovuto vederlo. Ha collocato un'asse tra due scale e vi si è coricato sopra. La vernice seguitava a gocciolargli in faccia. Lo eccita fare cose del genere; quando siamo euforici, quella ruota ci fa provare certi fremiti... Ci stendiamo supini e contempliamo la ruota, godendocela, e ben presto si mette a girare. Quanto più a lungo la si guarda, tanto più in fretta gira."

Quella ruota aveva la volgarità da incubo dei mosaici aztechi, il dannato incubo volgare, il cuore che pulsa nel sole del mattino, i rosa accesi e i celesti dei posacenere-ricordo, delle cartoline illustrate e dei calendari. Le pareti della stanza erano verniciate in nero e su una di esse figurava un carattere cinese.

"Non sappiamo che cosa significhi," ella disse.

"Camicie trentun centesimi di dollaro," suggerii io.

Mi rivolse quel suo vacuo, gelido sorriso. Prese a parlare di Jack. "Vado pazza per Jack," disse. "Fa il ladro, lui, come se si trattasse di un mestiere qualsiasi. Veniva a casa, la sera, e mi dava la pistola. 'Mettila via!' Gli piace sbrigare lavoretti in casa, verniciare e costruire mobili."

Parlando, girellava per la stanza, si lasciava cadere su una sedia e sull'altra, accavallando le gambe e tornando a distendersi, aggiustandosi la sottoveste, in modo da mostrarmi a puntate panorami della sua anatomia.

Continuò dicendomi che aveva i giorni contati a causa di una malattia rara: "Solo ventisei casi accertati.

Tra pochi anni non potrò più camminare affatto. Vede, il mio organismo non riesce ad assorbire il calcio e le ossa si stanno disfacendo a poco a poco. In ultimo dovranno amputarmi le gambe, poi le braccia".

V'era in lei un che di disossato, come se fosse stata una creatura degli abissi marini. Aveva occhi freddi da pesce che ti guardavano attraverso qualcosa di vischioso nella sua persona. Immaginavo quegli occhi in una massa informe di protoplasma, ondulantesi sul tenebroso fondale marino.

"La benzedrina è un buon eccitante," disse. "Tre bustine, oppure dieci compresse circa. Si possono anche prendere due bustine di benzedrina e due capsule di nembutal. Scendono fin qui c litigano tra loro. Ti danno una di quelle euforie..."

Entrarono tre giovani manigoldi di Brooklyn, facce legnose, mani in tasca, stilizzati come un balletto. Cercavano Jack. Li aveva fregati in non so quale affare. O almeno, così la pensavano loro. Lo lasciarono capire, più che con le parole, con brusche scosse della testa e anche aggirandosi per la casa e addossandosi alle pareti. Finalmente, uno di loro andò alla porta e fece cenno con il capo. Uscirono in fila.

"Le piacerebbe andare in estasi?" domandò Mary. "Può darsi che ci sia un mozzicone di sigaretta alla marijuana qui attorno, in qualche posto." Incominciò a cercare nei cassetti e nei posacenere. "No, ho paura di no. Perché non andiamo in centro? Ho parecchie conoscenze utili e probabilmente riusciremo a scovarle, adesso."

Un giovanotto entrò barcollante con un oggetto avvolto in carta marrone sotto il braccio. "Sbarazzatene uscendo," disse; lo posò sul tavolo ed entrò barcollando nella camera da letto all'altro lato della cucina. Quando fummo fuori di casa, lasciai che la carta si aprisse, e apparve la cassettina delle monete di una toletta a pagamento malamente forzata.

In Times Square salimmo su un tassì e incominciammo a percorrere su e giù le strade laterali, mentre Mary dava indicazioni all'autista. Di quando in quando gli gridava "Fermi!" e saltavano giù, lei con i rossi capelli fluenti, e la vedevo raggiungere un tipo e mettersi a parlare. "L'uomo che cercavo era qui dieci minuti fa. Quel tizio ne ha, ma non vuole mollarne neanche un po'." E poco dopo: "Il nostro amico se n'è andato per questa sera. Abita al Bronx. Ma fermiamoci un momento lo stesso; potrei trovare qualcuno da Rich". E infine: "Sembra che non si riesca a scovare nessuno; è un po' tardi per procurarsi marijuana. Compriamo qualche fialetta di benzedrina e andiamo da Denny. Hanno dischi frenetici nel juke-box. Possiamo ordinare un caffè e tirarci 'su' con la benzedrina".

Denny era un locale vicino alla Cinquantaduesima e alla Sesta frequentato, dopo l'una del pomeriggio, da musicisti che ordinavano pollo fritto e caffè.

Ci mettemmo a sedere in un séparé e prendemmo il caffè. Mary spezzò esperta una fiala di benzedrina estraendone la cartina ripiegata, e mi porse tre strisce. "Le arrotoli, ne faccia una pillola e le mandi giù con il caffè."

La carta aveva un odore nauseante di mentolo. Varie persone che sedevano lì accanto fiutarono l'aria e sorrisero. Per poco lo stoppaccio di carta non mi fece soffocare, ma infine riuscii a trangugiarlo. Mary scelse alcuni dischi di be-bop e batté il ritmo sul tavolo con l'espressione di un idiota che si masturbi.

Incominciai a parlare molto in fretta. Avevo la bocca asciutta e lo sputo usciva in sfere tonde e bianche: "sputare cotone", dicono. Passeggiavamo intorno a Times Square. Mary voleva scovare qualcuno con un "piccolo" (un fonografo). Io traboccavo di stati d'animo espansivi, benevoli, e di colpo mi venne voglia di far visita a gente che non vedevo da mesi, da anni, gente che non mi piaceva e alla quale non ero simpatico. Facemmo tutta una serie di tentativi falliti per trovare l'anfitrione ideale, proprietario di un "piccolo". Non so più dove, pescammo Peter e infine decidemmo di tornare nell'appartamento di Henry Street, dove c'era per lo meno una radio.

Peter, Mary e io passammo le trenta ore che seguirono in quell'appartamento. Di tanto in tanto facevamo il caffè e ingollavamo altra benzedrina. Mary ci stava spiegando le tecniche cui ricorreva per farsi dare quattrini dai "Johns"[1] che costituivano la fonte principale dei suoi redditi.

"Un John lo devi sempre lusingare. Per poco che sia robusto, devi dirgli: 'Oh, non farmi mai del male'. Il John è diverso dal ruffiano. Quando sei con un ruffiano devi sempre stare all'erta; non devi concedergli un bel niente. Il ruffiano va sopportato e basta. Ma il John è diverso; gli dai quello per cui paga. Quando sei con un John te la spassi e vuoi che goda anche lui.

[1] Coloro che mantengono una donna e sono generosi con lei (N.d.T.).

"Se proprio vuoi smontare un uomo, accendi una sigaretta nel bel mezzo dell'amplesso. Naturalmente, gli uomini non mi piacciono per niente dal punto di vista sessuale. Il gusto vero lo provo con le pollastrelle. Vado in estasi a prendere una pollastrella orgogliosa e a spezzarne la fierezza facendole costatare che è un animale e nient'altro. Una pollastra non è mai bella dopo che l'hai stroncata. Senti un po', questa è una specie di estasi accanto al caminetto," disse, additando la radio, la sola luce nella stanza. Il viso le si contorse in un'espressione di rabbia scimmiesca quando parlò degli uomini che l'abbordavano per la strada. "Figlidiputtana!" ringhiò. "Lo capiscono benissimo quando una donna non sta cercando di pescare qualcuno. Un tempo andavo in giro con i pugni di ferro sotto i guanti e aspettavo solo che uno di quei villanzoni mi agganciasse."

Un giorno Herman mi parlò di un chilo di marijuana di Nuova Orleans, roba di prim'ordine, che avrei potuto procurarmi per settanta dollari. Spacciare marijuana sembra una buona cosa in teoria, come allevare animali da pelliccia o rane. A settantacinque centesimi di dollaro per sigaretta, con settanta sigarette ogni oncia, si sarebbe detto che ci fosse da far soldi. Mi persuasi e la comprai.

Herman e io formammo una società per spacciare la droga. Egli trovò una lesbica a nome Marian che abitava nel Greenwich Village e diceva di essere poetessa. Tenemmo la marijuana nell'appartamento di Marian, le permettemmo di adoperare tutta quella che le serviva e le riconoscemmo una percentuale del 50 per cento sulle vendite. Conosceva un mucchio di fumatori di marijuana. Un'altra lesbica andò ad abitare con lei e ogni volta ch'io mi recavo nell'appartamento di Marian, c'era questa grossa Lizzie dai capelli rossi che mi fissava con i suoi freddi occhi da pesce colmi di stupido odio.

Un giorno la rossa Lizzie aprì la porta e rimase sulla soglia, la faccia di un pallore cadaverico e gonfia di sonno procurato dal nembutal. Mi cacciò in mano il pacco della marijuana.

"Prendete 'sta roba e filate," disse. Ci guardò con occhi dalle palpebre pesanti socchiuse. "Bastardi!"

Dissi: "Ringrazi Marian di tutto".

Sbatté la porta. Il tonfo la destò evidentemente. Riaprì la porta e si mise a strillare con isterica rabbia. La sentivamo ancora nella strada.

Herman si mise in contatto con altri fumatori di marijuana. Ci fecero dannare tutti quanti.

In pratica, spacciare la marijuana è un lavoro d'inferno. Tanto per cominciare, la droga è ingombrante. Occorre riempirne una valigia per fare soldi. Se i piedipiatti incominciano a sfondare la porta di casa tua, è come trovarsi con una balla di sparto.

I fumatori di marijuana non sono come gli altri intossicati. Il tossicomane ti mette in mano i quattrini, prende la droga e fila. Ma i fumatori di marijuana non si comportano così. Pretendono che lo spacciatore li metta a loro agio e tenga loro compagnia parlando per una mezz'ora prima di vendere due dollari di "erba". Se uno arriva subito al sodo, dicono che è deprimente. In effetti, lo spacciatore di droga non dovrebbe mai saltar subito su a dire quello che è. No, si limita ad acquistare marijuana per qualche brav'uomo e qualche brava ragazza perché è anche lui un fumatore d' "erba". Tutti sanno che lo spacciatore è proprio lui, ma non sta bene dirlo. Dio solo sa perché. Per me, i fumatori di marijuana sono imperscrutabili.

C'è un sacco di segreti commerciali nel traffico del "tè" e i fumatori di marijuana custodiscono questi supposti segreti con una furberia imbecille. Per esempio, il "tè" deve essere ben "curato", altrimenti diventa verde e fa bruciare la gola. Ma provatevi a domandare a un fumatore di marijuana come si fa a "curare" bene l' "erba" e quello vi scoccherà un'occhiata stupida e furbastra e salterà su con qualche discorso evasivo. Forse l'uso costante dell' "erba" nuoce al cervello, o forse i fumatori di "tè" sono deficienti per natura.

Il "tè" che avevo io era verde e così lo misi in un doppio bollitore e infilai il bollitore nel forno finché la marijuana non assunse quel colore verdastro-rossiccio che dovrebbe avere. È questo il segreto per "curare l'erba", o almeno è uno dei sistemi per riuscirvi.

I fumatori di marijuana tendono a riunirsi, sono sensibili e sono anche paranoici. Se ti fai la fama del "deprimente" o del "butta-giù-il-morale", non ti riesce più di combinare affari con loro. Ben presto mi resi conto che non sarei potuto andare d'accordo con quegli individui e fui ben contento di trovare qualcuno che mi sbarazzò del "tè" a prezzo di costo. Decisi sin da allora che non avrei più spacciato marijuana.

Nel 1937, la marijuana venne vietata dalla legge Harrison contro i narcotici. Le autorità preposte ai narcotici asseriscono che la droga dà assuefazione, che è deleteria alla mente e al corpo e induce coloro i quali se ne servono a commettere delitti. Ecco invece qual è la verità: la marijuana non dà assolutamente assuefazione. Puoi fumare "erba" per anni e non proverai alcun disagio se improvvisamente non ti sarà più possibile procurarti la droga. Ho veduto fumatori di marijuana in carcere e nessuno di essi mostrava i sintomi dell'astinenza. Ho fumato "erba" io stesso, saltuariamente per quindici anni e mai ne ho sentito la mancanza quando rimanevo senza. Ci si abitua meno alla marijuana che al tabacco. L' "erba" non nuoce alla salute in genere. In effetti, molti fumatori di marijuana affermano che essa fa venire l'appetito ed è un tonico dell'organismo. Io non conosco alcun'altra sostanza che stuzzichi l'appetito in ugual misura.

Una volta riuscii a liberarmi dal vizio dei narcotici con l' "erba". Al secondo giorno senza stupefacenti mi misi a tavola e consumai un intero pasto. Normalmente, non mangio per otto giorni dopo essermi sbarazzato del vizio. La marijuana non induce proprio nessuno a commettere delitti. Non ho mai visto nessuno a incattivirsi sotto l'influenza dell' "erba". I fumatori di marijuana son gente socievole; troppo socievole per i miei gusti. Non riesco a capire perché mai coloro i quali affermano che l' "erba" è causa di delitti non sono conseguenti e non chiedono che anche l'alcool sia dichiarato illegale. Ogni giorno delitti vengono commessi da ubriachi che non li commetterebbero se non si trovassero in stato di ubriachezza.

Molto è stato detto sugli effetti afrodisiaci della marijuana. Non so per quale motivo, gli scienziati sono restii ad ammettere l'esistenza di afrodisiaci e pertanto quasi tutti i farmacologi dicono che "nessuna prova convalida il diffuso convincimento secondo il quale la marijuana avrebbe proprietà afrodisiache". Posso recisamente affermare che l' "erba" è un afrodisiaco e che i rapporti sessuali procurano un piacere più intenso sotto l'influenza della droga. Chiunque abbia fumato buona marijuana può confermare questa mia asserzione.

Capita di sentir dire che taluni impazziscono fumando marijuana. Esiste, in effetti, una forma di follia causata dall'uso eccessivo dell' "erba"; tale stato mentale è caratterizzato da idee di riferimento. La marijuana che ci si può procurare negli Stati Uniti non è evidentemente così forte da far perdere il senno e le psicosi da marijuana sono rare in America; si dice invece che siano comuni nel vicino Oriente. La psicosi da marijuana equivale più o meno al *delirium tremens* e scompare rapidamente non appena cessi l'uso della droga. Chi si limiti a fumare poche sigarette di marijuana al giorno non può impazzire più di quanto chi beve qualche cocktail prima di cena possa essere colpito dal *delirium tremens.*

Una cosa ancora a proposito della marijuana. Chi si trova sotto l'influenza dell'"erba" non è assolutamente in grado di guidare l'automobile. La marijuana altera il senso del tempo e di conseguenza il senso dei rapporti spaziali. Una volta, a Nuova Orleans, dovetti fermarmi al margine della strada e aspettare che l'effetto della droga fosse passato; non riuscivo a stabilire la distanza di alcun oggetto né a capire quale fosse il momento giusto per frenare agli incroci.

III

Mi facevo punture ogni giorno, ormai. Herman si era trasferito nel mio appartamento in Henry Street, in quanto non rimaneva più nessuno in grado di pagare l'affitto della casa che aveva diviso con Jack e Mary. Jack era stato beccato durante un colpo sicuro e si trovava nel carcere del Bronx in attesa del processo. Mary era andata in Florida con un "John". A Herman non passava neppure per la mente l'idea di pagare l'affitto egli stesso; per tutta la vita aveva vissuto negli appartamenti degli altri.

Roy si stava concedendo una lunga franchigia. Aveva scovato a Brooklyn un medico, un vero allocco in quanto a ricette per ottenere droga. Questo ammazzagente ti rilasciava anche tre ricette al giorno, addirittura fino a trenta compresse per ricetta. Di tanto in tanto la faccenda lo lasciava un po' dubbioso, ma la vista dei quattrini bastava invariabilmente a fargli cambiare idea.

Esistono parecchie varietà di medici disposti a rilasciare ricette di stupefacenti. Certuni le rilasciano solo se si convincono che sei un tossicomane, altri solo se si persuadono che non lo sei. Quasi tutti gli intossicati sfoderano una storiella logorata da anni di uso. Alcuni affermano di avere calcoli biliari o calcoli alla vescica. Questo è il pretesto più comune, e io ho veduto medici alzarsi e aprire la porta dello studio non appena accennavo ai calcoli biliari; ottenni risultati migliori con la nevralgia del trigemino, dopo avere studiato i sintomi ed essermeli imparati a memoria. Roy aveva una cicatrice di intervento chirurgico allo stomaco e se ne serviva per convalidare la sua solfa dei calcoli biliari.

C'era un medico all'antica che abitava in una casa vittoriana di arenaria nei West Seventies. Nel suo caso, bastava presentarsi con un aspetto signorile; se riuscivi a entrare nel suo studio, ce l'avevi fatta, ma non ti rilasciava più di tre ricette. Un altro medico era sempre ubriaco e si trattava di pescarlo al momento giusto; spesso sbagliava nello scrivere la ricetta e dovevi riportargliela per farla correggere. Allora, due volte su tre, diceva che la ricetta era falsa e la strappava. Un altro medico ancora era senile, e dovevi aiutarlo a scrivere la ricetta. Dimenticava quel che stava facendo, posava la penna e si abbandonava a interminabili rievocazioni sui pazienti di gran classe che aveva avuto un tempo. Gli piaceva soprattutto parlare di un certo generale Gore, il quale una volta gli aveva detto: "Dottore, sono stato ricoverato alla clinica Mayo, ma lei ne sa più di tutta la clinica messa insieme". Non si riusciva a farlo tacere, e l'intossicato in preda all'esasperazione era costretto ad ascoltare con pazienza. Il più delle volte la moglie del dottore si precipitava nello studio all'ultimo momento e strappava la ricetta, oppure si rifiutava di confermarla quando telefonava il farmacista.

In generale, i medici anziani sono più inclini dei giovani a rilasciare ricette. I medici profughi di guerra furono per qualche tempo un fruttuoso campo d'azione, ma i tossicomani li "bruciarono" tutti. Capita spesso che un medico esploda a un semplice accenno ai narcotici e minacci di chiamare la polizia.

I dottori sono talmente imbevuti di idee esagerate sulla loro posizione che, in linea generale, un aperto approccio è il peggior sistema possibile. Anche se non credono alla tua storiella, vogliono ugualmente sentirsi raccontare qualche fandonia. È qualcosa di simile a un rito orientale per salvare la faccia. Uno dei due interessati recita la parte del medico integerrimo che non rilascerebbe una ricetta disonesta neppure per mille dollari, l'altro fa del suo meglio per comportarsi come un vero paziente. Se dici: "Senta, dottore, voglio una prescrizione di morfina e sono disposto a pagarla il doppio", il medico va su tutte le furie e ti scaraventa fuori dello studio. Occorrono modi suasivi con i dottori, o non approdi a niente.

Roy aveva un tal vizio della droga che Herman e io dovevamo praticarci più punture di quante ce ne occorressero per tenergli dietro e avere la nostra parte. Finii con l'iniettarmi la droga in vena per risparmiare stupefacente e perché l'effetto immediato era più intenso. Incominciavamo a incontrare difficoltà nel presentare le ricette. Quasi tutte le farmacie accettano ricette di morfina solo una o due volte, e molte non le accettano affatto. V'era una farmacia che accettava tutte le nostre ricette, in ogni momento, e noi le portavamo tutte là, benché Roy dicesse che avremmo dovuto sparpagliarle, così sarebbe stato più difficile per l'ispettore scoprirci. Ma era troppo faticoso andare da una farmacia all'altra, e quindi, di solito, finivamo con il portarle sempre nello stesso posto. Io stavo imparando a nascondere con cura la droga - a "schiaffarla via", come dicono nel giro - in modo che Roy e Herman non riuscissero a trovarla e a soffiarmene una parte.

Impadronirsi di droga nascosta da un altro intossicato si dice nel gergo "fregargli il nascondiglio". È difficile tutelarsi da questo genere di furto perché i tossicomani sanno dove andar a cercare i nascondigli. Taluni si portano dietro la droga, ma chi si regola così si espone all'accusa di possesso di stupefacenti, qualora venga perquisito dalla polizia.

Quando incominciai a ricorrere alla droga ogni giorno, oppure, non di rado, più volte al giorno, smisi di bere e di uscire la sera. Quando ti inietti droga, non bevi. A quanto pare, l'organismo che ha una certa quantità di stupefacente nelle cellule non assorbe più l'alcool. Il liquore rimane nello stomaco, causando a poco a poco nausea, malessere, capogiri, e senza alcun effetto piacevole. Il ricorso alla droga sarebbe una cura certa per gli alcoolizzati. Smisi anche di fare il bagno. Quando uno prende stupefacenti trova spiacevole, non so per quale motivo, la sensazione dell'acqua sulla pelle, e gli intossicati sono riluttanti a fare il bagno.

Innumerevoli assurdità sono state scritte sui cambiamenti ai quali vanno soggette le persone quando prendono il vizio. Improvvisamente il tossicomane si guarda nello specchio e non si riconosce. Non è facile specificare i mutamenti effettivi, ed essi non appaiono nello specchio. Cioè a dire, l'intossicato è cieco per quanto concerne il progredire del suo vizio. In genere non si rende affatto conto che sta scivolando nell'abitudine agli stupefacenti; dice che si può benissimo fare a meno di assuefarsi alla droga; basta essere prudenti e osservare alcune regole, come ad esempio quella di praticarsi la puntura a giorni alterni. In realtà, egli non osserva tali regole, ma ogni iniezione in più viene considerata un'eccezione. Ho parlato con molti tossicomani e tutti dicono di aver provato un vivo stupore costatando di essere scivolati, in effetti, nella prima assuefazione. Molti di loro attribuivano i sintomi a qualche altra causa.

Man mano che il vizio prende piede, le altre cose alle quali si interessava l'intossicato si svuotano d'ogni importanza. La vita si riduce alla droga; una dose, e già si guarda con ansia a quella successiva, ai "nascondigli" e alle "ricette", agli "aghi" e alle "pompette contagocce". Il tossicomane, il più delle volte, crede di condurre un'esistenza normale e pensa che la droga sia un fatto incidentale. Non si rende conto che, pur svolgendo le sue attività estranee alla droga, sta scivolando lungo la china. Solo quando gli viene tagliata la fonte dei rifornimenti capisce quale importanza abbia la droga per lui.

"Perché 'non può fare a meno' dei narcotici, signor Lee?" è la domanda posta normalmente dagli psichiatri stupidi. Si può solo rispondere: "Ho bisogno della droga per alzarmi dal letto al mattino, per radermi e far colazione. Ne ho bisogno per rimanere in vita".

Naturalmente, gli intossicati non muoiono, di norma, se vengono privati dello stupefacente. Ma, in un senso del tutto letterale, il liberarsi del vizio implica la morte delle cellule che non possono sopravvivere senza la droga e la loro sostituzione con cellule non bisognose di sostanze stupefacenti.

Roy e sua moglie si trasferirono nello stesso caseggiato. Ogni giorno ci riunivamo nel mio appartamento, dopo colazione, per stabilire il programma della giornata. Uno di noi doveva farsi rilasciare la ricetta dal medico; Roy tentava sempre di rifilare il compito a qualcun altro. "Questa volta non posso andarci io, ho litigato con lui. Ma stammi a sentire, ora ti spiego quello che devi dirgli." Oppure cercava di indurre Herman o me a tentare con un altro medico. "Non puoi fare fiasco. Soltanto, non lasciargli dire no, perché la scriverà, stanne certo. Io non posso andarci."

Uno di quei suoi medici sicuri mi minacciò di telefonare alla polizia. Lo dissi a Roy e lui rispose: "Oh, credo che quello sia 'bruciato'. Qualcuno gli ha fregato la valigetta pochi giorni fa". Dopo di allora mi tenni alla larga dai medici che non conoscevo. Ma il nostro uomo a Brooklyn incominciava a impennarsi.

Tutti i medici disposti a rilasciare ricette fanno "marcia indietro", prima o poi. Un giorno, quando Roy si presentò per avere la ricetta, il medico gli disse: "Questa è decisamente l'ultima, e voialtri fareste bene a non mostrarvi tanto in giro. L'ispettore è venuto da me ieri; ha tutte le ricette che vi ho rilasciato. Mi ha detto che ci rimetterò la licenza se ne rilascerò altre e quindi questa la farò antedatata. Dica al farmacista che ieri si sentiva troppo male per potergliela portare. Voialtri avete segnato a volte indirizzi falsi su qualcuna di quelle ricette; è una violazione della legge trecentotrentaquattro sulla salute pubblica, quindi non andate a dire ch'io non vi avevo avvertito. Per amor di Dio, non mettete di mezzo me, se vi interrogano. Potrebbe essere la rovina di tutta la mia carriera; sapete bene che sono sempre stato generoso con voi. Volevo smettere già da mesi, ma non mi piaceva lasciarvi a terra. E dunque aiutatemi. Eccole la ricetta e non si faccia più vedere".

Roy tornò da lui il giorno dopo. C'era lì il cognato a tutelare l'onore della famiglia. Afferrò Roy per il colletto della giacca e il di dietro della cintola e lo scaraventò sul marciapiede.

"Se la trovo qui un'altra volta a infastidire il dottore," disse, "lei non sarà più in grado di andarsene con i suoi mezzi."

Dieci minuti dopo, arrivò Herman. Il cognato stava per riservargli lo stesso trattamento quando Herman tirò fuori un vestito di seta che aveva nascosto sotto la giacca - a quanto ricordo, qualcuno ci aveva rifilato uno stock di vestiti di dubbia provenienza in cambio di tre grani di morfina - e, rivolgendosi alla moglie del medico, affrettatasi a scendere le scale per vedere che cosa stesse accadendo, disse: "Pensavo che questo vestito avrebbe potuto piacerle". Così ebbe modo di parlare con il medico, il quale gli rilasciò un'ultima ricetta. Gli occorsero tre ore per farla accettare. La nostra solita farmacia era stata ammonita dall'ispettore e non volevano ritirare altre ricette.

"Voialtri fareste bene a tenervi nascosti," disse il proprietario. "Credo che l'ispettore abbia mandati d'arresto per tutti quanti."

Il nostro medico aveva fatto marcia indietro. Ci dividemmo per rastrellare la città. Cercammo nei quartieri di Brooklyn, Bronx, Queens, a Jersey City e a Newark; non riuscimmo a procurarci neppure del pentapon. Si sarebbe detto che tutti i medici ci aspettassero, aspettassero semplicemente che uno di noi entrasse nello studio per poter dire: "Assolutamente no!" Era come se ogni dottore della grande New York avesse improvvisamente giurato di non rilasciare mai più altre ricette di narcotici. Stavamo per rimanere senza droga. Appariva ovvio che entro poche ore saremmo rimasti immobilizzati. Roy decise di gettare la spugna e di andare a Ricker's Island per la "cura di trenta giorni". Non è che là riducano gradualmente la dose. Non ti somministrano alcuna droga, neppure una compressa di sonnifero. All'intossicato non offrono altro che trenta giorni di detenzione. E c'è sempre un grande affollamento.

Herman fu pescato al Bronx mentre era in cerca di un ammazzagente. Nessuna imputazione precisa; la sua faccia non garbava a due agenti, ecco tutto. Quando l'ebbero portato in centro scoprirono che la squadra narcotici aveva un mandato d'arresto contro di lui emesso dall'ispettore statale. L'accusa era: indirizzo falso su una ricetta di narcotici. Un avvocato in cerca di clienti mi telefonò e domandò se non sarei stato disposto a versare la somma per il rilascio di Herman dietro cauzione. Gli mandai invece due dollari per le sigarette. Se uno deve rimaner dentro, tanto vale che cominci subito.

Ero rimasto del tutto privo di droga, a questo punto, e avevo fatto bollire due volte gli ultimi batuffoli di bambagia. La droga viene sciolta nell'acqua calda in un cucchiaio e risucchiata nella pompetta contagocce attraverso un batuffolo di bambagia che permette di assorbirla tutta. Una parte della soluzione rimane nella bambagia, e i tossicomani conservano questi batuffoli per i casi di emergenza.

Riuscii a farmi rilasciare una ricetta di codeina da un anziano dottore, raccontandogli una fola su certe mie emicranie. La codeina è meglio di niente e cinque grani iniettati sottopelle ti impediscono di star male. Non so per quale motivo, è pericoloso iniettare in vena la codeina.

Ricordo una sera in cui a Herman e a me non era rimasto altro che un po' di solfato di codeina. Herman la sciolse per primo in acqua calda e se ne iniettò un grano in vena. Immediatamente si imporporò in viso, poi divenne pallidissimo. Si lasciò cadere, infiacchito, sul letto.

"Dio mio!" disse.

"Che cosa c'è?" gli domandai. "Non è per niente pericolosa."

Mi scoccò un'occhiata malevola. "Per niente pericolosa, eh? Be', iniettatene un po', allora."

Sciolsi un grano di codeina nell'acqua calda e preparai tutto il necessario per praticarmi la puntura. Herman mi osservava quasi con avidità. Era sempre seduto sul letto. Non appena ebbi estratto l'ago dal braccio, sentii un'intensa e sgradevolissima sensazione di formicolio, completamente diversa dal formicolio che provi dopo una buona puntura di morfina. Sentivo che la faccia mi si stava gonfiando. Sedetti sul letto accanto a Herman. Avevo le dita gonfie, due volte più grosse del normale.

"Ebbene," disse Herman, "non è per niente pericolosa?"

"No," risposi io.

Le labbra erano intorpidite, come se mi avessero sferrato un pugno sulla bocca. Mi tormentava un mal di capo tremendo. Mi misi a passeggiare avanti e indietro nella stanza, in base alla vaga teoria che, rimettendo in moto la circolazione, il sangue avrebbe eliminato la codeina.

Dopo un'ora mi sentii un po' meglio e andai a letto. Herman mi raccontò di un suo socio ch'era svenuto e diventato cianotico dopo una puntura di codeina. "Gli feci una doccia fredda e rinvenne."

"Perché non me lo hai detto prima?" domandai.

A un tratto Herman andò inspiegabilmente in bestia. Le ragioni delle sue ire rimanevano in genere impenetrabili.

"Be'," prese a dire, "devi pur essere preparato a correre *qualche* rischio quando ti dai alla droga. A parte ciò, il semplice fatto che un individuo presenti una determinata reazione non significa necessariamente che altri debbano reagire nello stesso modo. Sembravi tanto sicuro che non fosse pericolosa e io non ho voluto metterti una pulce nell'orecchio."

IV

Quando seppi, un giorno, dell'arresto di Herman, pensai che dopo di lui sarebbe toccato a me, ma mi sentivo già male e non avevo l'energia di allontanarmi dalla città.

Fui arrestato in casa da due poliziotti e da un agente federale. L'ispettore statale aveva emesso un mandato di cattura accusandomi di avere trasgredito alla legge 334 sulla sanità pubblica dando false generalità per ottenere una ricetta. I due poliziotti costituivano il duo dell'informatore e del "duro". L'informatore mi domandava: "Da quanto tempo prendi la droga, Bill? Lo sai bene che su quelle ricette devono figurare le vere generalità," e il duro lo interrompeva: "Andiamo, andiamo, mica siamo boy-scout".

Ma il caso non li interessava molto e non si rese necessaria una dichiarazione da parte mia. Mentre andavamo in centro, l'agente federale mi pose alcune domande e riempì un modulo per gli archivi. Mi portarono ai Tombs, mi fecero la fotografia e rilevarono le mie impronte digitali; mentre aspettavo di presentarmi al giudice, l'informatore mi diede una sigaretta e incominciò a farmi la predica sulle terribili conseguenze della droga.

"Anche se continui a prenderla per trent'anni senza conseguenze, non fai altro che illuderti. Pensa per esempio a quei degenerati sessuali" - e gli luccicarono gli occhi - "i medici dicono che non hanno scampo."

Il giudice stabilì la cauzione: mille dollari. Mi riportarono ai Tombs, mi ordinarono di spogliarmi e di mettermi sotto la doccia. Un secondino apatico mi perquisì i vestiti. Mi rivestii, salii in ascensore e mi assegnarono una cella. Ci misero in cella alle quattro del pomeriggio. Le porte si chiusero automaticamente, comandate da un interruttore centrale, con uno strepito tremendo che echeggiò in tutta la prigione.

Stavo smaltendo gli ultimi residui della codeina. Mi lacrimavano gli occhi, il naso mi colava, il sudore mi impregnava i vestiti. Vampate ardenti e gelide folate mi investivano come se lo sportello di una fornace stesse oscillando, aprendosi e chiudendosi. Giacevo sulla branda, troppo fiacco per potermi muovere. I muscoli delle gambe mi dolevano e guizzavano, per cui qualsiasi posizione mi riusciva intollerabile e io continuavo a voltarmi da un lato e dall'altro, dimenandomi nei vestiti zuppi di sudore.

La voce di un negro stava cantando: "Alzati, alzati, donna, da quel tuo sederone grasso". Voci si avvicinavano e si allontanavano. "Quarant'anni! Amico, non posso farli quarant'anni."

A mezzanotte, la mia vecchia mi fece rilasciare dietro cauzione e mi aspettò all'uscita con qualche capsula di nembutal. Le capsule di nembutal possono recare qualche giovamento. Il giorno dopo stavo peggio e non riuscii ad alzarmi. Così rimasi a letto prendendo a intervalli capsule di nembutal.

Durante la notte ingollavo due strisce di benzedrina e andavo in un bar dove mi mettevo a sedere vicino al juke-box. Quando ti prende il malessere dell'astinenza dalla droga, la musica è un grande aiuto. Una volta, nel Texas, mi liberai dell'abitudine alla marijuana con una pinta di tintura d'oppio canforata e qualche disco di Louis Armstrong.

Ancor peggiore del malessere è lo sconforto che gli si accompagna. Un pomeriggio, chiusi gli occhi e vidi New York in rovina. Millepiedi e scorpioni enormi strisciavano qua e là, entrando nei bar, nei ristoranti, nei bar-farmacia deserti della Quarantaduesima Strada, e uscendone. Erbacce crescevano attraverso le crepe e gli squarci dei marciapiedi. Non si vedeva anima viva.

Dopo cinque giorni incominciai a sentirmi un po' meglio. Dopo otto giorni mi venne la brama esagerata dei dolciumi e incominciai ad avere una voglia matta di pasticcini alla crema e di maccheroni. Dopo dieci giorni il malessere dell'astinenza era scomparso. Il mio processo era stato rinviato.

Herman tornò dalla cura di trenta giorni a Ricker's Island e mi presentò a un tale che spacciava eroina messicana tra la Centotreesima e Broadway. Nei primi anni di guerra le importazioni di eroina erano virtualmente cessate, lasciando una sola droga disponibile, la morfina delle ricette. Tuttavia le linee di comunicazione si ristabilirono e l'eroina incominciò ad arrivare dal Messico, dove i campi di papaveri sono coltivati dai cinesi. L'eroina messicana ha un colore rossiccio, perché contiene un bel po' di oppio grezzo.

L'angolo tra la Centotreesima e Broadway ha lo stesso aspetto di tutti gli isolati di Broadway. Un ristorante economico, un cinematografo, negozi. In piena Broadway v'è un'isola per i pedoni con un po' d'erba e panchine situate a intervalli. Nella Centotreesima v'è una fermata della sotterranea; un isolato affollatissimo. Quello è territorio della droga. I tossicomani frequentano il ristorante economico, vagano avanti e indietro lungo l'isolato, attraversando talora a metà Broadway per riposarsi su una panchina dell'isola. Spettri alla luce del giorno in una via affollata.

Trovavi sempre alcuni intossicati seduti nel ristorante o in piedi davanti al locale, con il bavero della giacca alzato; sputavano sul marciapiede e guardavano a destra e a sinistra lungo la strada, aspettando il "contatto". In estate si mettono a sedere sulle panchine dell'isola, rannicchiati su se stessi come tanti avvoltoi, nei loro abiti scuri.

Lo spacciatore aveva la faccia di un adolescente avvizzito. Era sui cinquantacinque anni, ma non ne dimostrava più di trenta. Un ometto bruno, dallo smunto viso irlandese. Quando arrivava - e, come tanti "drogati" di una volta, non sapeva assolutamente che cosa fosse la puntualità - si metteva a sedere a un tavolino nel ristorante economico. Gli davi i soldi al tavolino, poi ti ritrovavi con lui dietro l'angolo tre minuti dopo, e ti consegnava la droga. Non l'aveva mai con sé, ma la teneva nascosta in qualche posto, lì nei pressi.

Quest'uomo veniva chiamato l'Irlandese. A un certo momento aveva lavorato per Dutch Schultz, ma i capi della malavita non tengono tossicomani nel ruolino-paga perché si ritiene che non ci si possa fidare di loro. Così l'Irlandese era disoccupato. Ora spacciava droga di quando in quando e si "lavorava i fradici" (borseggiando ubriachi nella sotterranea e sulle carrozze) se non riusciva a trovare i contatti per piazzare stupefacenti. Una notte l'Irlandese fu colto sul fatto nella sotterranea. Si impiccò ai Tombs.

Il lavoro di spacciatore era una specie di servizio pubblico affidato a turno all'uno o all'altro componente del gruppo, la durata media dell'incarico essendo di circa tre mesi. Tutti riconoscevano che si trattava di un compito ingrato. Come soleva dire George il Greco: "Finisci rovinato e in galera. Tutti ti chiamano tirchio se non fai credito; e se vendi a credito, se ne approfittano".

George non era capace di respingere chi si rivolgeva a lui con il malessere della mancanza di droga. La gente approfittava della sua bontà facendosi fare credito e dando i quattrini a qualche altro spacciatore. George scontò tre anni, e quando uscì non volle più saperne di spacciare droga.

I tossicomani sofisticati del be-bop non si facevano mai vedere nella Centotreesima Strada. I ragazzi della

Centotreesima Strada erano tutti pionieri... facce smunte e giallognole; bocche amare e contorte; dita rigide, gesti stilizzati. (V'è un gesto negli ambienti della droga che distingue l'intossicato come il polso molle distingue l'invertito: la mano si sposta insieme a tutto il braccio fino al gomito, con le dita irrigidite, il palmo in su.) Erano di varie nazionalità e avevano tipi fisici diversi, ma in qualche modo si somigliavano tutti. Avevano tutti l'aria della droga. V'erano l'Irlandese, George il Greco, Pantopon Rose, Louie il Fattorino, Eric "il Finocchio", "il Musodicavallo", "il Marinaio", e Joe il Messicano. Molti di loro sono ormai morti, altri scontano anni di carcere.

Non vi sono più "drogati", tra la Centotreesima Strada e Broadway, ad aspettare i contatti. I contatti si sono spostati altrove. Ma l'atmosfera della droga vi esiste ancora. Ti colpisce all'angolo, ti segue lungo l'isolato, poi ti si stacca di dosso come un mendicante scoraggiato quando prosegui.

Joe il Messicano aveva una faccia sottile, con un naso lungo, affilato, guizzante e una bocca sdentata incurvata all'ingiù. La faccia di Joe era rugosa e devastata, ma non la faccia di un vecchio. Molte cose erano accadute a quella faccia, ma non avevano toccato Joe. Gli occhi rimanevano luminosi e giovanili. V'era in lui una dolcezza comune a molti intossicati dei bei tempi. Riuscivi a individuare Joe a isolati di distanza. Tra la folla anonima della città egli faceva spicco nitido e limpido, come se lo avessi guardato con un binocolo. Era un bugiardo e, come quasi tutti i bugiardi, non faceva che modificare le sue storie, cambiando di volta in volta l'epoca e i personaggi. Ora ti raccontava un episodio su qualche suo amico, poi, la volta successiva, lo capovolgeva facendo di se stesso l'eroe. Si metteva a sedere nel ristorante economico davanti a un caffè e a una fetta di torta, cianciando alla rinfusa delle sue esperienze.

"Sapevamo che questo cinese aveva 'schiaffato via' droga e provammo tutti i sistemi per farci dire dove fosse. Lo leghiamo a una sedia. Io accendo fiammiferi" - faceva il gesto di accenderli - "e glieli metto sotto i piedi. Quello non vuole parlare. Mi fa tanta pena. Poi il mio socio lo colpisce in faccia con la pistola e il sangue gli copre tutto il viso." Si metteva le mani sulla faccia e le faceva scivolare verso il basso per mostrare lo scorrere del sangue. "Quando vedo questo mi si rivolta lo stomaco e dico: 'Usciamo di qui e lasciamo in pace costui. Non ci dirà un corno di niente'."

Louie era uno di quei ladruncoli che rubano nei negozi fingendo di fare acquisti, ma aveva perduto quel po' di coraggio posseduto un tempo. Portava lunghi cappotti logori e neri che gli davano l'aspetto di un furtivo bozzagro. Il ladro e il tossicomane trasparivano da ogni suo particolare. Louie tirava avanti a stento. Avevo sentito dire che a un certo momento era stato informatore della polizia, ma quando lo conobbi io in genere veniva considerato a posto. A George il Greco, Louie non piaceva; diceva sempre ch'era un vagabondo e nient'altro. "Non invitarlo mai a casa tua, se ne approfitterebbe. Si prenderebbe confidenza con i tuoi. Non ha classe."

George il Greco era l'arbitro riconosciuto di quella ganga. Decideva chi aveva ragione e chi torto, e si vantava della propria onestà. "Non truffo mai nessuno."

George aveva avuto tre condanne. La prossima volta gli sarebbe toccato di passare la vita in galera come criminale abituale. La sua esistenza si restringeva alla necessità di evitare qualsiasi reato serio; niente spaccio di stupefacenti, niente furti; di tanto in tanto lavorava sui moli. Era intrappolato da tutte le parti e non poteva fare altro che scendere sempre più in basso. Quando non riusciva a procurarsi droga - vale a dire per una buona metà del tempo - beveva e prendeva capsule di nembutal.

Aveva due figlioli adolescenti che gli procuravano un sacco di guai. George era mezzo malato per la mancanza di droga, in quel periodo di scarsità, e non poteva tener testa ai due giovani manigoldi. Sul suo viso si leggevano i segni d'una battaglia eternamente perduta. L'ultima volta che sono stato a New York non mi è riuscito di trovare George; i ragazzi della Centotreesima sono ormai dispersi e nessuno di coloro con i quali ho parlato sapeva che cosa fosse accaduto a George il Greco.

Fritz "il Portiere" era un ometto pallido e sparuto che dava l'impressione di essere storpio. Lo avevano liberato prima dello scadere della condanna, dopo cinque anni di carcere, perché poteva servire da informatore. Non era facile che qualcuno si rassegnasse a fare l'informatore e gli agenti della squadra narcotici dovevano procedere d'urgenza a un arresto; fecero passare Fritz per un grosso spacciatore di droga e, arrestando lui, distrussero una rete per lo smercio di narcotici. Fritz era contento di avere attratto tanta attenzione e parlava compiaciuto della sua "cattura" a Lexington.

"Il Finocchio" era un abilissimo "manipola-ubriachi". Riportava successi favolosi. Era uno di quelli che arrivano per primi all'ubriaco e non faceva mai parte di coloro che capitano sulla scena quando lo sborniato giace riverso con le tasche rivoltate. Un ubriaco addormentato - lo chiamano "sbobba" nel mestiere - attrae tutta una gerarchia di avvoltoi. Arrivano anzitutto i "manipola-ubriachi" di prima categoria, come "il Finocchio", guidati da un radar speciale. Essi non vogliono altro che contanti, anelli di valore e orologi. Vengono poi le mezze calzette disposte a rubare qualunque cosa. Prendono il cappello, le scarpe e la cintola. Infine, ladruncoli impudenti e goffi cercano di sfilare il cappotto o la giacca dello sborniato.

Il Finocchio arrivava sempre per primo su una buona preda. Una volta fece centro per mille dollari, alla stazione della sotterranea nella Centotreesima Strada. Spesso i suoi bottini ammontavano a centinaia di dollari. Se l'ubriaco si destava, lui mugolava e tastava la coscia del poveraccio, come se le sue intenzioni fossero state sessuali. Questo trucco gli aveva procurato il nomignolo.

Vestiva sempre bene, di solito con una giacca sportiva di tweed e calzoni grigi di flanella. Il fascino dei modi europei e un lieve accento scandinavo completavano il suo mascheramento. Nessuno avrebbe potuto avere meno di lui l'aspetto del borseggiatore d'ubriachi. Egli lavorava sempre per suo conto; la fortuna gli era propizia e intendeva evitare contaminazioni. Talora, rapporti con un fortunato possono far cessare la jella di un individuo, ma in genere succede tutto l'opposto. I tossicomani son gente invidiosa e la Centotreesima invidiava i colpi del Finocchio, ma tutti dovevano riconoscere ch'era un brav'uomo e che si poteva sempre scroccargli qualcosa.

Le capsule di eroina costano tre dollari l'una e te ne occorrono almeno tre al giorno per tirare avanti. Io ero a corto di quattrini e così cominciai a "lavorare la sotterranea" con Roy. Viaggiavamo lungo la linea, ognuno di noi guardando da un lato del vagone, finché non individuavamo un "fradicio" addormentato su una panchina. Allora scendevamo dal treno. Io rimanevo in piedi davanti alla panchina con il giornale aperto e nascondevo Roy mentre lui frugava le tasche dell'ubriaco. Roy mi bisbigliava istruzioni - "un po' più a sinistra, troppo lontano, un pochino indietro, ecco così, rimani lì" - e io mi spostavo in modo da continuare a coprirlo. Il più delle volte arrivavamo troppo tardi e lo sborniato giaceva lì con le tasche già rivolte.

Lavoravamo anche proprio sui vagoni. Io mi mettevo a sedere accanto all'ubriaco e aprivo un giornale; Roy si sporgeva alle mie spalle e frugava le tasche della vittima. Se l'ubriaco si destava, poteva costatare che avevo entrambe le mani sul giornale. Mettevamo insieme, in media, sui dieci dollari per notte.

Una notte normale si svolse più o meno così: incominciammo a lavorare verso le undici entrando nella sotterranea in periferia, a Times Square. All'altezza della Centoquarantanovesima Strada individuai un "fradicio" e scendemmo. Quella della Centoquarantanovesima Strada è una stazione a parecchi piani, pericolosa per i "manipola-ubriachi" perché vi sono molti punti in cui i piedipiatti possono nascondersi e non è possibile sottrarsi alla vista da tutti i lati. Al piano più basso l'unica via d'uscita è quella dell'ascensore.

Ci avvicinammo allo sborniato con indifferenza, come se non lo avessimo veduto. Era di mezza età, afflosciato contro il muro, e russava sonoramente. Roy gli si accosciò accanto e io mi piazzai davanti a loro con un giornale aperto. Roy disse: "Un po' più a destra, troppo lontano, un pochino indietro, ecco, così va bene".

Improvvisamente il rauco russare del paziente cessò. Pensai a quella scena dei film in cui il respiro del paziente cessa durante l'operazione; sentivo la tesa immobilità di Roy alle mie spalle. L'ubriaco bofonchiò qualcosa e cambiò posizione. A poco a poco ricominciò a russare. Roy si alzò. "Okay," disse, e si portò rapido all'estremità opposta del marciapiede. Si tolse di tasca un rotolo di biglietti di banca spiegazzati e contò otto dollari. Me ne porse quattro. "Li aveva nella tasca dei calzoni. Non mi è riuscito di trovare il portafogli. Per un momento ho creduto che si sarebbe svegliato."

Ripartimmo verso il centro. All'altezza della Centosedicesima ne vedemmo uno, ma il "fradicio" si mise in piedi e si allontanò prima che avessimo potuto avvicinarlo. Un tizio malconcio, con la bocca larga e molle, si accostò a Roy e si mise a parlare. Era un altro "manipola-ubriachi".

"Il Finocchio ha fatto centro di nuovo," disse. "Due bigliettoni e un orologio da polso alla stazione della Novantaseiesima." Roy farfugliò qualcosa e abbassò gli occhi sul giornale. L'uomo continuò a cianciare a voce alta. "Se ne è svegliato uno mentre lo lavoravo. 'Che cosa sta facendo con la mano nella mia tasca?' dice."

"*Piantala,*" disse Roy, e si allontanò da lui. "Sporco bastardo," borbottò. "Non ce n'è molti di 'manipola-ubriachi' in giro, ormai. Solo il Finocchio, il Musodicavallo e quel vagabondo. Invidiano tutti il Finocchio perché fa dei bei colpi. Se un allocco si sveglia mentre lui lo lavora, finge di tastargli la coscia come se fosse un omosessuale. Quei vagabondi della Centotreesima Strada vanno in giro a dire 'Dannato invertito' perché non riescono a far centro. Ma non è più invertito di me." Roy si interruppe riflessivo. "Non quanto me, a essere sincero."

Viaggiammo fino al capolinea, a Brooklyn, senza vedere un solo "fradicio". Durante il tragitto di ritorno c'era un ubriaco addormentato su un vagone. Gli sedetti accanto e aprii il giornale. Sentivo il braccio di Roy dietro la schiena. A un certo momento l'ubriaco si svegliò e mi scoccò un'occhiata penetrante; ma avevo entrambe le mani chiaramente visibili sul giornale. Roy finse di leggere il giornale assieme a me. Lo sborniato si riaddormentò.

"Scendiamo qui," disse Roy. "Faremo bene a uscire sulla strada per un po'. Non conviene viaggiare troppo a lungo."

Bevemmo una tazza di caffè al distributore automatico della Trentaquattresima Strada e ci dividemmo l'ultimo bottino. Erano tre dollari.

"Quando lavori un 'fradicio' sui vagoni," stava spiegando Roy, "devi adattarti al movimento del treno.

Se trovi il ritmo giusto, puoi farcela anche se la spugna è sveglia. Con quello là ci sono andato un po' troppo veloce; ecco perché si è destato. Ha intuito che qualcosa non andava, ma non sapeva cosa fosse."

In Times Square incontrammo Mike Sotterranea. Ci salutò con un cenno del capo, ma non si fermò. Mike lavorava sempre solo.

"Facciamo una corsa fino a Queens Plaza," disse Roy. "È sulla Indipendent Subway. L'Indipendent è sorvegliata da agenti speciali assunti dalla società, ma non sono armati. Solo manganelli. Se uno di loro ti agguanta e riesci a svincolarti, scappa."

Queens Plaza è un'altra stazione pericolosa dove non puoi coprirti da tutti i lati. Non ti rimane che correre il rischio. C'era un ubriaco che dormiva lungo disteso su una panchina, ma non osammo lavorarlo perché andava e veniva troppa gente.

"Aspetteremo un po'," disse Roy. "Ricorda, però, non lasciar mai passare più di tre treni. Sc non ti si presenta una bella occasione prima di allora, non pensarci più per quanto possa sembrare facile."

Due giovani farabutti discesero da un treno sorreggendo tra loro un "fradicio". Lo lasciarono cadere su una panchina, poi fissarono Roy e me.

"Lavoriamolo dall'altra parte," disse uno dei due.

"Perché non lavorarlo qui?" domandò Roy.

I farabutti finsero di non capire. "Lavorarlo? Non capisco. Che cosa intende dire il nostro bizzarro amico?" Presero il loro "fradicio" e lo trascinarono al lato opposto del marciapiede.

Roy si avvicinò al nostro bersaglio e gli tolse di

tasca il portafogli. "Non è il momento delle finezze," osservò. Il portafogli era vuoto; Roy lo lasciò cadere sulla panchina.

Uno dei due vagabondi gridò dall'altra parte dei binari: "Togligli le mani di tasca". Poi risero entrambi.

"Furfanti da due soldi," disse Roy. "Se ne colgo uno sulla linea West Side lo scaravento sui binari, il piccolo bastardo."

Uno dei vagabondi si avvicinò e chiese a Roy di spartire.

"Ti dico che non aveva niente," esclamò Roy.

"Ti abbiamo visto prendergli il portafogli."

"Non c'era niente dentro."

Un treno si fermò e noi salimmo, lasciando lì il delinquente indeciso se fare il duro o no.

"Questi furfanti da due soldi credono che sia uno scherzo," disse Roy. "Ma non durano a lungo. Non la troveranno più tanto divertente la faccenda quando sbarcheranno sull'isola per scontare i cinque mesi e ventinove giorni...[1] Siamo scalognati..." soggiunse. "Be', così vanno le cose. Certe notti fai anche cento dollari. Altre volte non intaschi un centesimo."

[1] È il periodo di condanna alla casa di correzione per avere borseggiato ubriachi nella sotterranea (N.d.T.).

V

Una sera salimmo sulla sotterranea a Times Square. Un uomo, che vestiva in modo vistoso e barcollava un poco, ci precedeva. Roy lo osservò e disse: "Quello è un accidenti di allocco con i fiocchi. Vediamo dove va".

La vittima salì sul convoglio diretto a Brooklyn. Aspettammo in piedi nello spazio tra due vagoni finché quel tizio non parve essersi addormentato. Poi ci facemmo avanti e io sedetti accanto all'allocco, aprendo il *New York Times*. Quella del *Times* era un'idea di Roy; diceva che mi dava l'aria di un uomo d'affari. Il vagone era quasi vuoto, ed eccoci incuneati contro la vittima, con sei metri di sedili non occupati e disponibili. Roy incominciò a lavorare dietro le mie spalle. L'ubriaco seguitava ad agitarsi e a un certo momento si destò e mi fissò con occhi rossi e irritati. Un negro seduto davanti a noi sorrise.

"L'elegantone è furbo," mi bisbigliò Roy all'orecchio. "È Okay."

Roy stentava a trovare il portafogli. La situazione incominciava a diventare pericolosa. Sentivo il sudore corrermi giù per le braccia.

"Lasciamo stare," dissi.

"No. Questo è un allocco con i fiocchi. Sta seduto sul cappotto e non riesco ad arrivare nella tasca. Quando te lo dirò gettati addosso a lui e io sposterò il cappotto nello stesso momento... Adesso!... Porca Troia! La spinta non è stata abbastanza forte."

"Andiamocene," ripetei. Sentivo la paura agitarmisi nello stomaco. "Si sveglierà."

"No. Riproviamo... Ecco, adesso!... Che diavolo ti prende? Gettati con forza contro di lui e basta."

"Roy," dissi, "per amor di Dio, filiamo! Finirà con lo svegliarsi."

Feci per alzarmi, ma Roy mi tenne giù. A un tratto mi diede un violento urtone e io caddi pesantemente contro l'ubriaco.

"Questa volta ci sono," disse Roy.

"Il portafogli?"

"No, ho tolto di mezzo il cappotto."

Eravamo ormai fuori della sotterranea e ci trovavamo sulla sopraelevata. La paura mi dava la nausea, avevo tutti i muscoli irrigiditi dallo sforzo che facevo per dominarmi. Il "fradicio" era soltanto mezzo addormentato. Mi aspettavo che balzasse in piedi da un momento all'altro e si mettesse a gridare.

Finalmente udii Roy bisbigliare: "Ce l'ho".

"Andiamo, allora."

“No, è soltanto un rotolo di banconote. Deve pur avere un portafogli in qualche posto e voglio trovarlo. Deve avercelo, il portafogli.”

“Io filo.”

“No, aspetta.” Lo sentivo annaspare con il braccio dietro la mia schiena, in un modo così scoperto da farmi sembrare impossibile che l'uomo potesse continuare a dormire.

Eravamo al capolinea. Roy si alzò. “Coprimi,” disse. Mi tenni davanti a lui, riparandolo il più possibile con il giornale dalla vista degli altri passeggeri. Ne rimanevano tre soltanto, ma si trovavano in punti diversi del vagone. Roy frugò apertamente e rozzamente le tasche dell'individuo. “Usciamo,” disse. Scendemmo sul marciapiede.

L'ubriaco si destò e si mise la mano in tasca. Poi discese sul marciapiede e si avvicinò a Roy.

“Vabbe', amico” disse. “Ridammi i miei soldi.”

Roy alzò le spalle e mise avanti le mani a palmo in su. “Quali soldi? Di che cosa sta parlando?”

“Lo sai benissimo, accidenti, di che cosa parlo! Mi hai messo la mano in tasca.”

Roy mostrò di nuovo le mani in un gesto di stupore e di deprecazione. “Oh, insomma, che diavolo va dicendo? Io non so niente del suo denaro.”

“Ti ho visto su questa linea ogni notte. È il tuo solito itinerario.” Si voltò e mi additò. “Ed ecco qui il tuo compare. Allora, vuoi restituirmeli i soldi?”

“Quali soldi?”

“Okay. Ostinati pure. Torneremo in centro e sarà bene che questa volta tu rimanga tranquillo.” A un tratto l'uomo infilò entrambe le mani nelle tasche della giacca di Roy. "Figlio di puttana!" sbraitò. "Ridammi i quattrini!"

Roy gli sferrò un cazzotto in faccia e lo gettò a terra. "Sporco individuo," disse, abbandonando a un tratto quei suoi modi concilianti e interdetti. "Non mettermi le mani addosso!"

Il conducente, vedendo che un pestaggio era in corso, non faceva ripartire il convoglio per evitare che qualcuno cadesse sui binari.

"Filiamo," dissi io. Ci incamminammo lungo il marciapiede. L'uomo si alzò e ci corse dietro; allacciò Roy con le braccia, stringendolo cocciuto. Roy non riuscì a liberarsi. Aveva il fiato parecchio corto.

"Toglimi questo allocco di dosso!" urlò.

Per due volte colpii l'uomo in faccia. Mollò la presa e cadde in ginocchio.

"Finiscilo a calci," disse Roy.

Gli sferrai un calcio nel fianco e sentii una costola spezzarsi. L'uomo si portò la mano al fianco. "Aiuto!" gridò. Ma non cercò di rialzarsi.

"Filiamo," dissi. All'estremità opposta del marciapiede udii un poliziotto fischiare. L'uomo giaceva sempre lì sul marciapiede reggendosi il fianco e gridando "Aiuto!" a intervalli regolari.

Cadeva un piovischio rado. Quando fui sulla strada, scivolai e slittai sul marciapiede bagnato. Eravamo accanto a un distributore di benzina chiuso, voltati dalla parte della sopraelevata.

"Andiamo," dissi.

"Ci vedranno."

"Non possiamo restare qui."

Ci incamminammo. Mi accorsi di avere la bocca completamente asciutta. Roy si tolse dal taschino della camicia due capsule di nembutal.

"Ho la bocca troppo asciutta," disse. "Non posso inghiottirle."

Continuammo a camminare.

"È certo che daranno l'allarme esterno," disse Roy. "Attenzione alle macchine. Ci nasconderemo tra i cespugli se ne arriverà qualcuna. Immagineranno che noi ridiscendiamo nella sotterranea, quindi la miglior cosa da farsi è continuar a camminare."

Il piovischio non mostrava affatto di voler cessare. Cani ci latrarono contro mentre camminavamo.

"Ricorda bene la nostra versione dei fatti se ci pescheranno," disse Roy. "Ci siamo addormentati per svegliarci soltanto al capolinea. Quel tale ci ha accusato di avergli rubato i suoi soldi. Eravamo impauriti e così lo abbiamo gettato a terra e siamo fuggiti. Ci pesteranno da ammazzarci. Devi essere preparato."

"Ecco che arriva una macchina," dissi io. "E ha i fari gialli, oltretutto."

Strisciammo tra i cespugli al margine della strada e ci rannicchiammo dietro un tabellone pubblicitario. L'automobile passò adagio. Riprendemmo a camminare. Incominciavo a star male e mi domandavo se ce l'avrei fatta a tornare a casa e a prendere la morfina nascosta nel mio appartamento.

"Avvicinandoci al centro, faremo bene e separarci," disse Roy. "Qui in periferia potremmo darci una mano a vicenda. Se incontriamo un agente di pattuglia gli diremo che siamo stati con certe donne e stiamo cercando la sotterranea. Questa pioggia è una fortuna. I poliziotti saranno certo in qualche bar aperto tutta la notte a bere caffè. Accidenti!" esclamò irritato. "Non voltarti in quel modo!"

Mi ero voltato e stavo guardando alle mie spalle.

"È naturale voltarsi," obiettai.

"Naturale per i ladri!"

Finalmente arrivammo alla linea BMT e tornammo a Manhattan con la sotterranea.

Roy mormorò: "Non credo di parlare solo per me se dico che ho avuto fifa. Oh, ecco la tua parte".

Mi diede tre dollari.

Il giorno dopo gli dissi che ne avevo abbastanza di lavorare "fradici".

"Non posso rimproverarti," rispose. "Ma ti sei fatto un'impressione sbagliata. È probabile che capiti qualche buon colpo se si resiste abbastanza a lungo."

VI

Fui giudicato dal tribunale riunito in sessione straordinaria. Mi condannarono a quattro mesi con la condizionale. Dopo aver rinunciato a lavorare gli ubriachi nella sotterranea, decisi di spacciare droga. Non ci si guadagna molto. Il massimo che può aspettarsi un intossicato spacciatore di stupefacenti, è di mantenere il vizio. Ma almeno, quando fai lo spacciatore, hai per le mani una buona riserva di droga, e questo ti dà un senso di sicurezza. Naturalmente, certi individui fanno i soldi spacciando narcotici. Conosco uno spacciatore irlandese che incominciò con una bustina di eroina da un sedicesimo di oncia; due anni dopo, quando ci cascò e dovette scontare tre anni, aveva trentamila dollari e un palazzo di appartamenti a Brooklyn.

Se vuoi spacciare droga, la prima cosa da farsi è trovare un contatto per i rifornimenti all'ingrosso. Io il contatto non lo avevo e così mi misi in società con Bill Gains che aveva un contatto italiano molto buono nell'East Side inferiore. Compravamo la merce per novanta dollari al quarto di oncia, la mescolavamo nella proporzione di un terzo con lattosio e la mettevamo in capsule da un grano. Le capsule si vendevano al minuto per due dollari ciascuna. Contenevano dal dieci al sedici per cento di eroina, una percentuale assai alta per la droga in capsule venduta al dettaglio. Un quarto di oncia di eroina dovrebbe bastare almeno per cento capsule, prima di essere adulterata; ma se il grossista è italiano, si può star certi che il conto non torna. Di solito riuscivamo a ottenere un'ottantina di capsule circa con questi quarti di oncia italiani.

Bill Gains apparteneva a una "buona famiglia" - a quanto ricordo, suo padre era stato presidente di banca, non so dove nel Maryland - e si presentava bene. Il suo lavoro normale consisteva nel rubare cappotti nei ristoranti, ed egli si adattava benissimo a tale occupazione. Il cittadino americano della classe media o della borghesia ricca è un aggregato di negativi. Lo caratterizza in vasta misura ciò che non è. Gains andava anche più in là. Non era soltanto negativo, ma positivamente invisibile; una presenza vaga e rispettabile. Esiste un certo tipo di fantasma che può materializzarsi soltanto con l'aiuto di un lenzuolo o di un altro pezzo di tessuto che gli fornisca il profilo. Gains era fatto così. Si materializzava nei cappotti altrui.

Gains aveva un sorriso malizioso e fanciullesco, in netto e stupefacente contrasto con gli occhi, di un celeste pallido, senza vita e spenti. Sorrideva, ascoltando le proprie profondità interiori, come se prestasse attenzione a qualcosa in esse che gli piaceva. A volte, dopo una puntura, sorrideva, ascoltava e diceva, malizioso: "Questa droga è forte". Con lo stesso sorriso parlava del deterioramento e delle disgrazie altrui. "Herman era un bellissimo ragazzo quando venne per la prima volta a New York. Il guaio è che ha perduto il suo bell'aspetto."

Gains era uno dei pochi drogati che davvero provavano un piacere tutto particolare vedendo altre persone scivolare nel vizio degli stupefacenti. Molti spacciatori di droga sono lieti di veder crescere il numero degli intossicati, per motivi economici. Quando si dispone di una merce è naturale che si desiderino clienti, purché siano di quelli buoni. Ma Gains ci provava gusto a far salire ragazzetti in camera sua e a praticar loro una puntura, ricavata di solito da vecchi "batuffoli di bambagia"; poi stava a osservare gli effetti con quel suo sorrisetto sulle labbra.

Nella maggior parte dei casi i giovincelli dicevano ch'era una sensazione piacevole, e tutto finiva lì. Una delle tante sensazioni piacevoli, come quelle procurate dalle capsule di nembutal, o dalla benzedrina, o dall'alcool, o dalla marijuana. Ma alcuni di loro rimanevano lì attorno, lasciandosi agganciare, e Gains osservava questi convertiti e sorrideva, da vero prelato della droga. Qualche tempo dopo ti capitava di sentirgli dire: "Eh, no, il tal dei tali deve rendersi conto che non posso più mantenerlo a droga". L'impegno non era più valido. Per il giovincello giungeva il momento di pagare. E per tutto il resto dei suoi giorni pagava, aspettando agli angoli delle strade e nei ristoranti economici il contatto, il mediatore tra uomo e droga. Gains era un semplice sacerdote parrocchiale, nella gerarchia della droga. Parlava dei pezzi grossi in un tono sepolcrale di timore reverenziale. "I contatti dicono..."

Le vene di lui erano per la massima parte scomparse, ritirate fino all'osso per sfuggire ai sondaggi dell'ago. Per qualche tempo egli iniettò la droga nelle arterie, situate più in profondità delle vene e più difficili a individuare. A tale scopo acquistava aghi speciali, più lunghi. Dalle braccia e dalle mani passò, a rotazione, alle vene dei piedi. Con l'andare del tempo le vene riaffiorano sempre. Ciononostante, per una buona metà delle volte, egli doveva iniettarsi la droga sottopelle. Ma si rassegnava e iniettava sottopelle solo dopo che, per una mezz'ora di tormenti, aveva sondato e frugato e pulito l'ago, ostruito dal sangue coagulato.

Uno dei miei primi clienti fu un tale del Greenwich Village a nome Nick. Nick, quando faceva qualcosa, dipingeva. Le sue tele erano piccolissime e avevano tutta l'aria di essere state concentrate, compresse, deformate da una pressione tremenda. "Il prodotto di una mente depravata," sentenziò con solennità un agente della squadra narcotici, dopo aver veduto uno dei dipinti di Nick.

Nick era sempre in preda a un mezzo malessere per la mancanza di droga, con i grandi, supplici occhi castani che lacrimavano un poco e il naso sottile che gli colava. Dormiva su divani negli appartamenti di amici, esistendo grazie all'indulgenza precaria di individui nevrotici, volubili, stupidamente sospettosi, che a un tratto lo mettevano alla porta senza alcun motivo o alcun preavviso. Egli acquistava droga per questa gente sperando di avere in cambio almeno il residuo d'una capsula per rendere meno lancinante la sua costante brama. Il più delle volte non otteneva altro che un grazie distratto, l'acquirente essendo persuaso che Nick si fosse rifornito per suo conto all'altro capo del filo. Di conseguenza Nick incominciò a rubare un piccolo quantitativo da ogni capsula, agitando e rendendo meno compatta la polverina in modo che tornasse a riempirla.

Della personalità di Nick non rimaneva un granché. La sua brama incessante e insoddisfatta aveva bruciato ogni altro interesse. Egli parlava vagamente di andare a Lexington per la cura, o di imbarcarsi su un mercantile, o di acquistare tintura d'oppio canforata nel Connecticut, per liberarsi con quella, a poco a poco, del vizio.

Nick mi presentò a Tony, barista in un locale del Village. Tony aveva spacciato droga e per poco non era stato pescato quando gli agenti federali avevano fatto irruzione nel suo appartamento. Ebbe giusto il tempo di gettare un pacchetto di eroina da un sedicesimo di oncia sotto il pianoforte. Gli agenti federali non trovarono altro che il necessario per praticarsi punture e lo lasciarono andare. Tony, spaventato, aveva smesso di spacciare stupefacenti. Era un giovane italiano che ovviamente sapeva il fatto suo. Sembrava capace di tener la bocca chiusa. Un cliente del tipo raccomandabile.

Mi recavo ogni giorno nel bar di Tony e ordinavo

una Coca Cola. Tony mi diceva quante capsule gli occorrevano e io entravo nella cabina telefonica o andavo al W.C. e avvolgevo le capsule nella stagnola. Quando tornavo alla mia Coca Cola, il danaro delle capsule si trovava sul banco come se si fosse trattato del resto. Lasciavo cadere le capsule in un posacenere sul banco e Tony vuotava il posacenere sotto il banco, togliendo le capsule. Questa *routine* si rendeva necessaria perché il proprietario sapeva che Tony era stato un drogato e gli aveva detto di tenersi lontano dalla droga o di trovarsi un altro lavoro. In realtà, anche il figlio del proprietario era uno "stupefatto", in quel momento ricoverato in clinica per la cura. Quando uscì venne subito da me a comprare droga; disse che non poteva farne a meno.

Un giovane *hipster* italiano a nome Ray soleva farsi vedere in quel bar tutti i giorni. Sembrava a posto e pertanto rifornii anche lui, lasciando cadere le sue capsule nel posacenere assieme a quelle di Tony. Questo bar in cui lavorava Tony era un localetto situato di parecchi scalini sotto il livello stradale. Non aveva che un ingresso, e io mi sentivo sempre intrappolato quando entravo là dentro. Il locale mi dava una tale sensazione di sconforto e di pericolo che solo a fatica mi inducevo a varcarne la soglia.

Dopo aver provveduto a Tony e a Ray, mi trovavo in genere con Nick in un ristorante economico della Sesta Avenue; invariabilmente, egli aveva in tasca il ricavato di alcune capsule. Sapevo, inutile dirlo, che acquistava droga per altre persone, ma non sapevo chi fossero. Sarei dovuto essere più furbo e non aver niente che vedere con un individuo come Nick, sempre squattrinato e in preda al malessere per la mancanza di droga, e di conseguenza disposto ad accettare il denaro di chiunque. Certe persone hanno bisogno di un intermediario che procuri loro gli stupefacenti, sia perché sono nuove della città, sia perché non si danno alla droga da un periodo di tempo sufficiente per essere conosciute. Ma lo spacciatore ha validi motivi per diffidare degli individui che mandano qualcun altro ad acquistare la droga. In via di massima, il motivo per cui una persona non può procurarsela personalmente è questo: si sa che è una spia. Di conseguenza incarica di acquistarla qualcun altro che può non essere una "spia" ma è soltanto disperatamente bramoso di narcotici. Non è affatto morale acquistare droga per un informatore della polizia. Non di rado, chi si procura droga per conto delle spie, finisce con il diventare una spia egli stesso.

Ma io non ero in grado di rifiutare denaro. Non avevo margini di guadagno. Ogni giorno dovevo piazzare un numero di capsule sufficiente a consentirmi di acquistare il quarto di oncia successivo e non mi rimanevano mai più di pochi dollari di margine. Così intascavo tutto il denaro di cui Nick poteva disporre e non facevo domande.

Mi misi a spacciare droga con Bill Gains, che lavorava in periferia. Mi trovavo con Bill nel ristorante economico dell'Ottava Avenue, dopo aver finito al Village. Egli aveva alcuni buoni clienti. Izzy, probabilmente il migliore, faceva il cuciniere in un rimorchiatore del porto di New York; era uno dei ragazzi della Centotreesima Strada. Izzy aveva scontato condanne per spaccio di narcotici, era noto come un tipo assolutamente a posto e aveva una costante fonte di reddito. Tutti requisiti di un cliente perfetto.

A volte Izzy si faceva vedere con il suo socio, Goldie, che lavorava sullo stesso rimorchiatore. Goldie era un uomo magro, dal naso a becco, con la pelle tesa sul viso e una chiazza rossa su ciascuno zigomo. Un altro amico di Izzy era un giovane ex paracadutista a nome Matty, un ragazzo robusto, bello, dall'espressione dura, senza alcuno di quei tratti che caratterizzano il tossicomane. V'erano anche due sgualdrine alle quali provvedeva Bill. Le prostitute, in genere, non rappresentano un buon affare; sono causa di guai e parlano quasi tutte. Ma Bill sosteneva che quelle due particolari puttane erano a posto.

Un altro nostro cliente era il vecchio Bart. Acquistava ogni giorno alcune capsule che rivendeva su ordinazione; non conoscevo i suoi clienti, ma non mi preoccupavo per questo. Bart era O.K. Se ci fosse stata una spiata, ne avrebbe subìto le conseguenze senza cantare. In ogni caso, aveva trent'anni di esperienza in fatto di droga e sapeva quel che si faceva.

Quando arrivavo nel ristorante economico dove eravamo soliti incontrarci, trovavo Bill seduto a un tavolino, con la sua ossuta carcassa rannicchiata nel cappotto di qualcun altro. Il vecchio Bart, malconcio e per nulla cospicuo, inzuppava un biscotto nel caffè. Bill mi diceva di aver già provveduto lui a Izzy e allora io davo a Bart dieci capsule da piazzare, poi Bill e io andavamo in tassì a casa mia. Là ci facevamo una puntura e controllavamo la merce, mettendo da parte novanta dollari per il prossimo quarto di oncia.

Dopo essersi praticato la puntura, Bill riprendeva un po' di colore e diventava quasi lezioso. Era uno spettacolo raccapricciante. Una volta, ricordo, mi disse che gli erano state fatte proposte da un invertito, il quale gli aveva offerto venti dollari. Bill si era affrettato a rifiutare, dicendo: "Non credo che rimarrebbe molto soddisfatto". Bill fece dondolare le anche ossute. "Dovresti vedermi nudo," concluse. "Sono proprio affascinante."

Uno dei più disgustosi argomenti di conversazione di Bill consisteva in bollettini particolareggiati sulle condizioni dei suoi intestini.

"Senti un po'," gli dissi, "questo contatto seguita a fregarci sulla quantità. Dall'ultimo quarto di oncia ho ricavato soltanto ottanta capsule, dopo averlo adulterato."

"Be', non puoi aspettarti troppo. Ah, se potessi andare in ospedale e farmi fare un bel clistere! Ma non si degnano di farti niente a meno che tu non venga ricoverato, e naturalmente questo per me non è possibile. Ti tengono almeno ventiquattr'ore. Ho detto loro: 'Sembra che questo sia un ospedale. Soffro e ho bisogno di essere curato. Perché non chiamate un infermiere e...'".

Non si riusciva a farlo tacere. Quando le persone incominciano a parlare dei propri movimenti intestinali, sono inesorabili quanto i processi di cui stanno discorrendo.

Le cose andarono in questo modo per parecchie settimane. A uno a uno i contatti di Nick mi individuarono. Erano stanchi di fare gli acquisti per il tramite di Nick e di lasciare ch'egli rubasse una parte del contenuto delle capsule. Che genia! Alcoolizzati, invertiti, spie, vagabondi... senza alcuna volontà di lavorare, incapaci di rubare, sempre a corto di soldi, sempre gemebondi per ottenere credito. In tutto il branco non ce n'era uno solo che non fosse pronto a mollare e a cantare non appena qualcuno lo avesse colpito alla bocca con un cazzotto, domandandogli: "Dove te la sei procurata?"

Il peggiore del branco era Gene Doolie, un piccolo irlandese sparuto, i cui modi erano una via di mezzo tra quelli dell'omosessuale e quelli del mezzano. Gene era un informatore fino all'osso. Probabilmente compilava sudici elenchi di gente - aveva sempre le mani sporche - e li consegnava alla polizia. Ti riusciva facile immaginarlo indaffarato al quartier generale dei Black and Tan durante i disordini in Irlanda; o in una sudicia grigia toga intento a tradire cristiani; o nell'atto di passare informazioni alla Ghestapo, alla Ghepeù; o seduto in un ristorante economico intento a conversare con un agente della squadra narcotici. Sempre lo stesso scarabocchio di uomo, con quella faccia da topo, mal messo, con vestiti antiquati, con quella voce lagnosa, penetrante.

La cosa più insopportabile di Gene era la sua voce. Ti irrompeva dentro dappertutto. Quella voce mi aveva reso partecipe per la prima volta della sua esistenza. Nick era appena arrivato a casa mia con un po' di soldi fatti con la droga, quando la cicalina mi avvertì ch'ero chiamato al telefono nell'ingresso.

"Sono Gene Doolie," disse la voce. "Aspetto Nick e lo sto aspettando da un pezzo." Quella sua voce salì di tono fino a un lamento stridulo e raschiante.

Risposi: "Be', ora è qui. Penso che lo vedrà personalmente". E riattaccai.

Il giorno dopo, Doolie mi ritelefonò. "Mi trovo qui all'angolo, vicinissimo a casa sua. Le spiace se vengo su? È più sicuro per me incontrarla da solo."

Riattaccò prima che avessi potuto rispondergli una cosa qualsiasi e, dieci minuti dopo, eccolo sulla soglia.

Quando un individuo fa conoscenza con un suo simile per la prima volta, segue un periodo di reciproco esame, sul piano istintivo della comunicativa spirituale e dell'identificazione. Ma riusciva impossibile porre in rapporto in un modo qualsiasi il proprio io con quello di Doolie; egli era semplicemente il punto focale di una forza che si intrometteva ostilmente. Lo sentivi entrare, né più né meno, nell'anima tua e guardarsi intorno per vedere se ci fosse qualcosa che potesse servirgli. Indietreggiai un poco dalla porta di casa per evitare ogni contatto con quell'individuo. Lui si insinuò nella stanza e subito si mise a sedere sul divano e accese una sigaretta.

"È preferibile incontrarsi da soli in questo modo." Il suo sorriso era ambiguamente sessuale. "Nick è un individuo tutt'altro che piacevole." Si alzò e mi porse quattro dollari. "Le dispiace se parto qui?" domandò, togliendosi la giacca.

Non avevo mai sentito nessuno servirsi di quella espressione. Per un momento folle credetti che stesse facendo degli approcci. Lasciò cadere la giacca sul divano e si rimboccò la manica della camicia. Gli portai due capsule e un bicchier d'acqua. Aveva con sé tutto il necessario per la puntura, del che gli fui grato. Stetti a osservarlo mentre infilava l'ago in una vena, premeva la pompetta contagocce e riabbassava la manica.

Quando uno è "agganciato", gli effetti d'una puntura non sono drammatici. Ma l'osservatore che sa quali indizi vanno spiati riesce a scorgere l'effetto immediato della droga nel sangue e nelle cellule di un altro intossicato. Tuttavia in Doolie non riuscii a individuare il benché minimo mutamento. Si rimise la giacca e prese la sigaretta che aveva seguitato ad ardere in un posacenere. Mi fissò con quei suoi scialbi occhi celesti che sembravano non contenere alcuna profondità. Li si sarebbe detti artificiali.

"Permetta che le dica una cosa," mormorò. "Lei sta commettendo un grave errore fidandosi di Nick. Alcune sere fa mi trovavo nel ristorante di Johnson e vi ho incontrato Rogers, l'agente. Mi ha detto: 'So che Nick sta procurando droga a tutti voi maledetti intossicati qui nel Village. E ottenete merce buona, anche... tra il sedici e il venti per cento. Bene, puoi andare a dirgli questo, a Nick: possiamo beccarlo quando vogliamo e non appena lo avremo beccato lavorerà per noi. Con me ha già parlato una volta. Spiffererà tutto di nuovo. Scopriremo da dove viene la merce'."

Doolie mi fissò e succhiò la sigaretta. "Quando prenderanno Nick, prenderanno lei. Farebbe bene a dire a

Nick che, se parlerà, lei lo farà schiaffare in un barile di cemento e gettare nell'East River. Non ho bisogno di dirle altro. Può rendersi conto della situazione."

Mi scrutò, cercando di valutare l'effetto delle sue parole. Impossibile dire a qual punto si aspettava ch'io credessi a quella storia. Forse era soltanto un modo tortuoso per dirmi: "Come potrà mai sapere chi è stato a denunciarla? Visto che Nick è così ovviamente sospetto, se io parlassi, lei non potrebbe mai saperlo con certezza, non le pare?"

"Non potrebbe vendermi una capsula a credito?" domandò. "L'informazione che le ho appena dato dovrebbe valere qualcosa."

Gli diedi una capsula e lui la intascò senza fare commenti.

Poi si alzò. "Bene, ci rivedremo. Tornerò domani a quest'ora."

Misi in moto la rete dei miei informatori per vedere che cosa avrei potuto scoprire sul conto di Doolie e per accertare se quanto aveva detto corrispondeva alla verità. Nessuno sapeva niente su di lui, niente di preciso. Tony il barista disse: "Doolie tradirà se non potrà farne a meno". Ma non seppe darmi un esempio concreto. Sì, era risaputo che una volta Nick aveva parlato. Ma gli elementi di questo episodio, nel quale era implicato anche Doolie, indicavano che l'informazione sarebbe potuta provenire anche dallo stesso Doolie.

Parecchi giorni dopo l'episodio Gene Doolie, stavo uscendo dalla sotterranea in Washington Square quando fui avvicinato da un giovincello esile, biondo. "Bill," disse, "credo che lei non sappia chi sono. Mi sono procurato droga da lei per il tramite di Nick e sono stufo di lasciargli rubare il contenuto di tutte le capsule. Non potrebbe rifornirmi direttamente?"

Pensai: che diavolo? Dopo Gene Doolie, perché fare lo schizzinoso? "Okay, ragazzo," dissi. "Quanta ne vuoi?"

Mi diede quattro dollari.

"Facciamo una passeggiata," dissi io, e mi incamminai verso la Sesta Avenue. Avevo due capsule in mano e aspettavo di passare in uno di quei tratti deserti che capita di trovare nelle città. "Preparati a ricevere," dissi, e lasciai cadere le capsule nelle mani di lui. Gli fissai un appuntamento per il giorno dopo in un ristorante economico di Washington Square.

Il giovincello biondo si chiamava Chris. Seppi da Nick che i suoi erano ricchi e che viveva con una somma mensile passatagli dalla famiglia. Quando mi trovai con lui, l'indomani, da Felton, incominciò subito con la solfa permetta-che-la-metta-in-guardia-su-Nick. "Nick è sempre pedinato ormai. Lo sa anche lei che quando uno ha la frenesia della droga non si volta indietro. Va di corsa. Così ora sa chi ha scelto per dargli il suo indirizzo e il numero di telefono."

"Sapevo già tutto al riguardo," dissi io.

Chris finse di essere risentito. "Bene, spero che lei sappia quello che fa. Ora stia a sentire, questo non è il solito ritornello. Riceverò senz'altro un assegno da mia zia, oggi nel pomeriggio. Legga qui."

Si tolse di tasca un telegramma. Lo sbirciai. Alludeva vagamente a un assegno. Chris continuò a spiegarmi dell'assegno. Parlando, seguitava a mettermi la mano sul braccio e a fissarmi negli occhi con sincerità. Sentii che non avrei potuto resistere più a lungo a quell'individuo mellifluo. Per tagliar corto, gli diedi una capsula prima che potesse scroccarmene due o tre.

Il giorno dopo riapparve con un dollaro e ottanta. Non disse nulla dell'assegno. E continuò in questo modo. Si presentava con qualcosa in meno del dovuto o addirittura senza un centesimo. Stava sempre per ricevere soldi dalla zia, o dalla suocera, o da qualcun altro. Queste balle le documentava con lettere e telegrammi. Finì con l'essere uno scroccone quasi quanto Gene Doolie.

Un altro bel campione di cliente era Marvin, cameriere a ore in un club notturno del Village. Aveva sempre la barba lunga e un aspetto sudicio. Non possedeva che una camicia, la lavava circa una volta alla settimana e la faceva asciugare sul radiatore. Il tocco finale stava nel fatto che non portava calzini. Io solevo portargli la merce in camera sua, una sporca stanza ammobiliata in una casa di mattoni rossi in Jane Street. Ritenevo preferibile fargli le consegne a domicilio che incontrarmi con lui in qualunque altro posto.

Certe persone sono allergiche alla droga. Una volta consegnai una capsula a Marvin ed egli si fece una puntura. Stavo guardando fuori della finestra - logora i nervi osservare qualcuno che si fruga la carne con l'ago cercando una vena - e quando mi voltai vidi che la pompetta contagocce era piena di sangue. Era svenuto e il sangue aveva riempito la pompetta. Telefonai a Nick e lui estrasse l'ago e schiaffeggiò Marvin con una salvietta bagnata. Rinvenne in parte e bofonchiò qualcosa.

"Credo che si sia ripreso," dissi. "Filiamo."

Sembrava un cadavere, abbandonato sul letto sudicio e disfatto, con le braccia flosce e aperte e una goccia di sangue che andava formandosi sul gomito.

Mentre scendevamo al pianterreno, Nick mi disse che Marvin gli aveva chiesto il mio indirizzo.

"Senti," esclamai, "se glielo dai, puoi trovarti un altro contatto. Se c'è una cosa di cui non so che farmi, è un moribondo in casa mia."

Nick parve offeso. "Certo che non glielo darei mai il tuo indirizzo."

"E Doolie?"

"Non so come lo abbia avuto. Giuro che non lo so."

VII

Insieme a questi derelitti, trovai un paio di buoni clienti. Un giorno mi imbattei in Bert, un tipo che avevo conosciuto all'Angle Bar. Bert era noto come un forzuto. Si trattava di un giovanotto tarchiato, dalla faccia tonda, dall'aspetto ingannevolmente molliccio. Era specializzato nelle violenze e nelle estorsioni. Mi risultava che si era sempre limitato alla marijuana e mi meravigliai quando mi domandò se avessi droga. Gli risposi di sì, che spacciavo eroina, e lui ne comperò dieci capsule. Appresi ch'era agganciato da circa sei mesi.

Per il tramite di Bert conobbi un altro cliente. Louis, un individuo bellissimo, dalla carnagione cerea, dalle fattezze delicate, con serici baffi neri. Sembrava un ritratto del 1890. Louis era un ladro assai abile e in genere ben rifornito. Quando chiedeva credito, e accadeva di rado, pagava invariabilmente il giorno dopo. A volte portava un orologio, o un vestito, invece dei contanti, e per me andava benissimo. Ebbi da lui un orologio da cinquanta dollari contro quattro capsule.

Spacciare droga significa assoggettarsi a un'incessante tensione nervosa. Prima o poi ti prende "l'ossessione dei piedipiatti" e tutti ti hanno l'aria di poliziotti. La gente che turbina nella sotterranea ti dà l'impressione di avvicinarsi per poterti agguantare prima che tu abbia il modo di sbarazzarti della droga.

Doolie si presentava ogni giorno con impudenza, pieno di pretese, insofferente. Di solito aveva da comunicare qualche nuovo bollettino sulla situazione Nick-Rogers. Non gli importava di farmi sapere ch'era sempre in contatto con Rogers.

"Rogers è scaltro ma all'antica," mi confidò Doolie. "Seguita a dirmi: 'Me ne infischio di voi, maledetti tossicomani. Voglio gli individui che ci ricavano i quattrini. Quando pescheremo Nick, parlerà. Ha già aperto il becco per me, una volta. Lo farà di nuovo'."

Chris continuava a darmi la caccia perché gli facessi credito, piagnucolando e mettendomi le zampe addosso e parlando dei soldi che avrebbe ricevuto senza meno di lì a pochi giorni o di lì a poche ore.

Nick sembrava devastato e disperato. Credo che non sciupasse un centesimo per mangiare. Aveva l'aria di essere arrivato allo stadio finale di qualche malattia distruttiva.

Quando consegnavo la merce a Marvin, me ne andavo prima che si praticasse la puntura. Sapevo che prima o poi la droga lo avrebbe ucciso e non volevo essere presente quando fosse successo.

Oltre a tutto ciò, riuscivo a malapena a barcamenarmi. Le partite decurtate che seguitavamo ad avere dal grossista, l'incidere costante della merce venduta a credito, i clienti che si presentavano con venticinque o cinquanta centesimi o anche un dollaro in meno, oltre al mio stesso vizio, riducevano gli utili al minimo indispensabile per tirare avanti.

Quando mi lamentai del grossista, Bill Gains si spazientì e disse che avrei dovuto adulterare maggiormente la droga. "Stai vendendo capsule migliori di chiunque altro a New York. Non c'è nessun altro che venda per la strada eroina al sedici per cento; se i tuoi clienti si lamentano, di' loro di rivolgersi alle farmacie."

Continuavamo a spostare i nostri convegni in centro dall'uno all'altro ristorante economico. I direttori dei locali non ci impiegano molto tempo per individuare un *bookmaker* o uno spacciatore di droga. Avevamo ormai sei clienti fissi in centro, e questo significa parecchio traffico. Di conseguenza seguitavamo a spostarci.

Il bar di Tony continuava a darmi i brividi. Un giorno pioveva forte e io mi stavo recando da Tony con un'ora di ritardo. Ray, che vedevo sempre ciondolare in quel bar, fece capolino all'ingresso di un ristorante e mi chiamò. Era una tavola calda con séparé lungo una parete. Ci mettemmo a sedere in un séparé e io ordinai un tè.

"C'è un agente della squadra narcotici, qui fuori, con un impermeabile bianco," mi disse Ray. "Mi ha pedinato sin qui dal bar di Tony e io ho paura di uscire."

Il tavolino era fatto di tubi metallici e Ray mi mostrò, guidandomi la mano sotto il tavolo, il punto in cui l'estremità di uno dei tubi era aperta. Gli vendetti due capsule. Le avvolse in un tovagliolino di carta e infilò il tovagliolino nel tubo.

"Esco pulito se per caso dovesse perquisirmi," disse.

Vuotai la tazza di tè, lo ringraziai dell'informazione e uscii prima di lui. Avevo la droga in un pacchetto di sigarette ed ero pronto a gettarlo nel rigagnolo pieno d'acqua piovana. Manco a dirlo, ecco un giovanotto robusto, con un impermeabile bianco, in piedi sulla soglia di un portone. Non appena mi vide, incominciò a risalire la strada con un'andatura placida davanti a me. Poi voltò a un angolo, aspettando ch'io lo oltrepassassi, per potermi seguire. Girai sui tacchi e mi misi a correre nella direzione opposta. Quando giunsi nella Sesta Avenue, si trovava a una quindicina di metri dietro di me; scavalcai d'un balzo il tornichetto della sotterranea e conficcai il pacchetto di sigarette nello spazio di lato a un distributore automatico di gomma per masticare. Scesi di corsa un piano e saltai su un treno diretto a Washington Square.

Bill Gains sedeva a un tavolino nel ristorante economico. Indossava un cappotto rubato e ne aveva un altro in grembo. L'espressione di lui era maliziosa e soddisfatta. C'erano lì il vecchio Bart e un autista di tassì disoccupato a nome Kelly; costui gravitava intorno alla Quarantaduesima Strada e a volte riusciva a racimolare qualche dollaro sia spacciando preservativi sia scroccando cinquanta centesimi di dollaro agli impiegati di ritorno dall'ufficio, che è una varietà del piccolo raggiro. Dissi loro dell'agente e il vecchio Bart andò a togliere la merce dal nascondiglio.

Gains parve seccato e disse, petulante: "Per amor di Dio, vedi di sceglierli bene quelli che ti danno i soldi".

"Se non avessi preso i soldi di Ray, in questo momento mi starebbero portando alla sede della polizia federale."

"Be', sii prudente."

Aspettammo Bart, e Kelly incominciò a raccontarmi una lunga storia spiegandomi come avesse raggirato una guardia ai Tombs.

Bart tornò di lì a poco con la droga. Ci riferì che un tizio in impermeabile bianco stava ancora andando avanti e indietro sul marciapiede della stazione. Passai a Bart due capsule sotto il tavolino.

Bill Gains e io andammo in camera sua a farci una puntura. "Dovrò proprio dire a Bart," esclamò, "che non posso più mantenerlo a droga." Gains abitava in una modesta pensione nei West Forties. Aprì la porta della stanza. "Aspettami qui," disse. "Vado a prendere il mio armamentario." Come quasi tutti i tossicomani, teneva il necessario per praticarsi punture nascosto insieme alle capsule in qualche posto fuori della stanza. Tornò con l'armamentario e ci facemmo tutti e due una puntura.

Gains era conscio del proprio talento per l'invisibilità, e a volte sentiva la necessità di tenersi su in modo da avere almeno quel tanto di carne che basta per conficcarvi l'ago. In questi momenti chiamava a raccolta tutte le sue asserzioni sulla realtà. Incominciò ora a frugare nello scrittoio e tirò fuori una busta malconcia di carta pesante. Mi mostrò un congedo da Annapolis "per il buon comportamento in servizio", una vecchia e sudicia lettera "del mio amico, il capitano", una tessera dei massoni e una tessera dei Cavalieri di Colombo.

"Ogni piccola cosa può essere utile," disse, indicando queste credenziali. Rimase seduto per qualche minuto, silenzioso e riflessivo. Poi sorrise. "Non sono altro che una vittima delle circostanze," disse. Si alzò e rimise la busta al suo posto, con cura. "Si può dire che abbia ormai sfruttato tutti i negozi di prestiti su pegno a New York. Ti spiacerebbe impegnarmi questi cappotti, eh?"

In seguito le cose andarono di male in peggio. Un giorno il portiere dell'albergo mi fermò nel vestibolo. "Non so come dirglielo," mormorò, "ma c'è qualcosa di losco nelle persone che salgono in camera sua. Anni fa, ero anch'io nel traffico illegale. Volevo solo avvertirla di stare attento; lo sa bene, tutte le telefonate passano per il centralino. Ne ho ascoltata una, stamane, ed era molto chiara. Se al centralino ci fosse stato qualcun altro... Sia prudente, dunque, e avverta quelle persone di badare a quel che dicono al telefono."

La telefonata alla quale alludeva era stata di Doolie. Mi aveva chiamato quel mattino. "Voglio vederla," si era messo a sbraitare. "Sto male. Vengo subito lì."

Sentivo che gli agenti federali si avvicinavano sempre di più. Era una questione di tempo. Non mi fidavo di alcuno dei clienti del Village ed ero persuaso che uno di loro, almeno, fosse uno sporco informatore della polizia. Doolie era il numero uno tra coloro ch'io sospettavo, e subito dopo veniva Nick, mentre al terzo posto, un po' distanziato, c'era Chris. Naturalmente esisteva sempre la possibilità che Marvin scegliesse il sistema più comodo per fare soldi e comprarsi un paio di calzini.

Nick inoltre procurava droga ad alcune persone rispettabili del Village che avevano impieghi fissi e indulgevano a qualche puntura occasionale. Gli individui di questo genere espongono a grossi rischi perché sono pavidi. Hanno paura della polizia, hanno paura di perdere l'impiego. Non pensano neppure che sia una cosa riprovevole fornire informazioni ai rappresentanti della legge. Naturalmente, non è che le forniscano di loro iniziativa; temono infatti di rimanere "compromessi". Ma in genere, se interrogati dalla polizia, spifferano ogni cosa.

Gli agenti della squadra narcotici lavorano in larga misura con l'aiuto di informatori. La *routine* consueta consiste nell'accalappiare qualcuno che abbia addosso droga e nel lasciarlo marcire in carcere finché non è cotto e in preda al malessere. Poi viene la predica:

"Possiamo affibbiarti cinque anni per possesso di stupefacenti. D'altro canto, puoi uscire di qui sin da questo momento. Spetta a te decidere. Se collabori con noi ti trattiamo bene. Anzitutto, avrai droga e quattrini in abbondanza. Purché tu canti, s'intende. Pensaci pure per qualche minuto".

L'agente si toglie di tasca alcune capsule e le mette sul tavolo. È come riempire un bicchier d'acqua gelata davanti a un uomo che muore di sete. "Perché non le prendi? Oh, adesso sì che ragioni. Dunque, il primo che vogliamo agguantare è..."

Su alcuni di questi individui non è neppure necessario esercitare pressioni. Droga e spiccioli, non vogliono altro, e il modo di averli li lascia indifferenti. In ogni modo, al nuovo informatore viene dato denaro contrassegnato e lo si lascia libero di fare un acquisto. Quando il "piccione" acquista droga con questo denaro, gli agenti arrivano subito per procedere all'arresto. L'essenziale è procedere all'arresto prima che lo spacciatore abbia avuto il modo di cambiare le banconote contrassegnate. Gli agenti dispongono del denaro contrassegnato che ha comprato la droga, e della droga acquistata con il denaro contrassegnato. Se si tratta di una faccenda abbastanza grossa, il "piccione" può essere chiamato a testimoniare. Naturalmente, una volta che si sia presentato in tribunale e abbia testimoniato, il "piccione" è noto a quelli del traffico e nessuno lo servirà più. A meno che gli agenti non vogliono mandarlo in qualche altra città (alcuni "piccioni" particolarmente abili seguitano a viaggiare), la sua carriera di informatore è finita.

Prima o poi gli spacciatori finiscono con il conoscerlo e il "piccione" non può più procurarsi droga. Quando ciò si verifica, la sua utilità nei confronti degli agenti si esaurisce ed essi lo schiaffano dentro. Non di rado, egli finisce con il rimanere in galera più a lungo di tutti coloro che ha denunciato.

Nel caso dei giovincelli che non potrebbero rendersi utili come informatori fissi, la procedura è diversa. L'agente può saltar su con solita solfa dei piedipiatti: "Mi spiace di metter dentro un ragazzetto come te. Certo hai commesso uno sbaglio. Questo può accadere a chiunque. Ora stammi a sentire: voglio offrirti una via d'uscita, ma dovrai collaborare con noi. Altrimenti non potrò aiutarti". Oppure si limitano a mollargli un cazzotto sulla bocca e a dire: "Dove te la sei procurata la droga?" Con un sacco di individui non occorre altro. Potrete trovare un esemplare di ciascun tipo di informatore, manifesto o potenziale, tra i miei clienti.

Dopo il discorsetto del portiere d'albergo, mi trasferii in un altro hotel e firmai con un nome diverso. Smisi di andare al Village e a tutti i clienti del Village fissai appuntamenti in periferia.

Quando riferii a Gains quel che mi aveva detto il portiere d'albergo, facendogli osservare quale fortuna era stata per noi che fosse un uomo a posto, egli esclamò: "Dobbiamo chiudere bottega. Non possiamo tirare avanti con quella gente".

"Bene," dissi io, "in questo momento sono laggiù, ad aspettarci davanti all'Automatico. Tutti quanti. Vogliamo andarci, oggi?"

"Sì, devo recarmi a Lexington per la cura e mi occorrono i soldi dell'autobus. Parto questa sera."

Non appena fummo in vista del luogo del convegno, Doolie si separò dagli altri e corse a più non posso verso di noi, sfilandosi intanto una giacca sportiva a due tinte. Calzava una specie di sandali, o di pantofole. "Datemi quattro capsule per questa giacca," disse. "Sono all'asciutto da ventiquattr'ore."

Doolie in preda al "malessere" era uno spettacolo snervante. L'involucro della sua personalità scompariva, dissolto dalle cellule avide di droga. Viscere e cellule, galvanizzate fino a una odiosa attività da insetto, sembravano sul punto di irrompere alla superficie. Doolie aveva una faccia offuscata, irriconoscibile.

Gains gli diede due capsule e prese la giacca.

« Te ne darò altre due questa sera, » disse. « Proprio qui, alle nove. »

Izzy, rimasto lì accanto silenzioso, aveva fissato Doolie con disgusto. « Gesù Santo! » esclamò. « Sandali! »

Gli altri ci sciamarono intorno, tendendo le mani come una turba di mendicanti asiatici. Nessuno di loro aveva soldi.

Dissi: « Niente credito », e incominciammo a camminare giù per la strada. Ci seguirono, gemendo e agguantandoci per le maniche. « Solo una capsula. »

Dissi di no e continuai a camminare. Uno dopo l'altro rimasero indietro. Scendemmo nella sotterranea e dicemmo a Izzy che chiudevamo bottega.

« Gesù! » disse. « Non posso darvi torto. Sandali! »

Izzy comperò sei capsule e noi demmo due capsule al vecchio Bart, che andava a Riker's per la cura di trenta giorni.

Bill Gains stava esaminando la giacca sportiva con occhio esperto. « Ci si dovrebbero ricavare facilmente dieci dollari, » disse. « Conosco un sarto che mi rammenderà questo strappo. » Una tasca era appena strappata. « Dove l'avrà presa? »

« Nel negozio dei Brooks Brothers, sostiene, ma è il tipo capace di dire che qualsiasi cosa abbia rubato proviene dai Brooks Brothers o da Abercrombie & Fitch. »

« Che peccato, » fece Gains, sorridendo. « Il mio autobus parte alle sei. Non potrò dargli le altre due capsule che gli avevo promesso. »

« Non preoccuparti. Ci deve ancora venti dollari. »

« Oh, davvero? Be', allora non ha importanza. »

VIII

Bill Gains partì per Lexington e io mi misi in viaggio per il Texas con la mia macchina. Avevo addosso un sedicesimo d'oncia di droga. Ritenevo che bastasse per liberarmi del vizio e disponevo di un programma elaborato con cura per diminuire le dosi. La droga era in soluzione e in un altro flacone avevo acqua distillata. Ogni volta che riempivo di soluzione una pompetta contagocce per iniettarmi l'eroina, mettevo lo stesso quantitativo d'acqua distillata nel flacone della droga in soluzione. In ultimo, avrei finito con l'iniettarmi acqua pura. Questo metodo è ben noto a tutti i tossicomani. Ne esiste una variante, detta cura cinese, che viene praticata con droga e Tonico di Walpole. Dopo qualche settimana, ci si sorprende a bere soltanto Tonico di Walpole.

Quattro giorni dopo, a Cincinnati, ero senza droga

e immobilizzato. Non mi risulta che una di queste cure riduttive, applicate dallo stesso intossicato abbia mai dato risultati positivi. Trovi mille ragioni per considerare ogni puntura un'eccezione che richiede un po' di droga in più. Infine, la droga si dilegua completamente e tu hai ancora il vizio.

Lasciai la macchina in un'autorimessa e presi il treno per Lexington. Non avevo i documenti necessari per essere accettato, ma facevo conto sul congedo militare per essere ricoverato. Una volta arrivato a Lexington, presi un tassì fino all'ospedale, situato a parecchi chilometri dalla città. Giungemmo davanti al cancello. C'era un vecchio custode irlandese. Esaminò il foglio di congedo.

"Lei è solito prendere droghe che danno assuefazione?"

Risposi di sì.

"Bene, si metta a sedere." Additò una panca.

Telefonò alla direzione dell'ospedale. "No, niente documenti... Ha il congedo militare." Alzò gli occhi verso di me dal telefono. "È mai stato qui prima d'ora?" domandò.

Risposi negativamente.

"Dice che non è mai stato qui." Il custode riattaccò. "Una macchina verrà a prenderla tra pochi minuti," mi disse. "Ha con sé stupefacenti, o aghi, o pompette contagocce? Può consegnarle qui, ma se le porta in ospedale è passibile di denuncia per aver introdotto oggetti di contrabbando in un ente governativo."

"Non ho niente."

Dopo una breve attesa, un'automobile venne al

cancello e mi portò all'edificio principale. Un massiccio cancello di sbarre di ferro si aprì automaticamente per lasciar passare la macchina, poi tornò a chiudersi dietro di noi. Un cortese secondino prese nota dei miei precedenti di tossicomane.

"Ha fatto una cosa sensata venendo qui," mi disse. "C'è un tale qui da noi, adesso, che per venticinque anni ha trascorso tutti i giorni di Natale in qualche prigione."

Mi spogliai, misi la mia roba in una cesta e feci la doccia. Subito dopo si doveva passare la visita medica; dovetti aspettare il medico per circa un quarto d'ora. Il dottore si scusò per avermi fatto aspettare, mi visitò e prese nota dei miei precedenti con la droga. Aveva modi cortesi e abili. Ascoltò il mio racconto, interrompendomi di quando in quando con un commento o una domanda. Quando accennai al fatto che avevo acquistato un quarto di oncia di eroina per volta, sorrise e disse: "Ne vendeva una parte per poter continuare con il vizio, eh?"

Infine si appoggiò alla spalliera della sedia. "Come lei sa," disse, "può andarsene di qui con un preavviso di ventiquattr'ore. Alcuni se ne vanno dopo dieci giorni e non si fanno più vedere. Altri rimangono sei mesi e tornano due giorni dopo essere usciti. Ma, parlando dal punto di vista statistico, quanto più lei rimarrà qui, tanto maggiori saranno le sue probabilità di non tornare. La procedura qui da noi è più o meno impersonale. La cura dura da otto a dieci giorni, a seconda della gravità dell'assuefazione. Ora può mettersi quella veste da camera."

Indicò un pigiama, una veste da camera e un paio di pantofole ch'erano state preparate per me. Il dottore, ora, stava parlando in fretta a un dittafono. Fece un breve compendio delle mie condizioni fisiche e dei miei precedenti di intossicato. "Il paziente sembra sicuro di sé e asserisce che il motivo per cui ha voluto sottoporsi alla cura è la necessità di mantenere la famiglia."

Un inserviente mi condusse nel mio reparto.

"Se vuole liberarsi delle droghe," disse, "questo è il posto adatto per farlo."

L'inserviente del reparto mi domandò se davvero volessi liberarmi dell'abitudine alle droghe. Risposi affermativamente. Mi assegnò una camera privata.

Circa un quarto d'ora dopo gridò: "In fila per la puntura!" Tutti i pazienti del reparto si misero in fila. Man mano che venivamo chiamati per nome, infilavamo un braccio nello sportellino della porta del reparto e l'inserviente ci faceva la puntura. In preda al "malessere" com'ero, l'iniezione mi rianimò. Incominciai subito ad avere appetito.

Andai nella sala centrale del reparto, dove si trovavano panche, sedie e una radio, e attaccai discorso con un giovane italiano dall'aria poco rassicurante. Mi domandò se avessi molti precedenti. Risposi di no.

"Dovrebbe trovarsi con gli 'a posto'," disse. "In quel reparto la cura è più lunga e le camere migliori."

Gli "a posto" erano coloro che si trovavano a Lexington per la prima volta e venivano ritenuti particolarmente promettenti per una cura definitiva. Evidentemente il medico dell'Accettazione non giudicava che le mie prospettive fossero molto brillanti.

Altri si avvicinarono e presero parte alla conversazione. La puntura li aveva resi socievoli. Il primo fu un negro dell'Ohio.

"Quanto ti sei beccato?" gli domandò l'italiano.

"Tre anni," rispose il negro. Era dentro per aver falsificato e venduto ricette. Prese a parlare di una condanna che aveva scontato nell'Ohio. "È un posto schifoso, quello, per scontare una condanna. C'è un mucchio di giovincelli, piccoli bastardi violenti. Ti procuri la droga al commissariato e qualche farabutto si avvicina e dice: 'Dalla a me'. Se non gliela dai, ti molla un diretto sulla bocca. Poi ti si mettono tutti contro. Non puoi pestarli tutti quanti."

Un *croupier* di East St. Louis stava descrivendo il metodo per eliminare l'acido fenico da un medicinale a base di fenolo, olio d'oliva e tintura d'oppio.

"Dico all'ammazzagente che ho la madre anziana e che la ricetta le serve per le emorroidi. Dopo aver tolto l'olio d'oliva, si mette la medicina in un cucchiaio e lo si tiene sopra la fiamma del gas. L'acido fenico svapora subito. Può tenerti in piedi per ventiquattr'ore."

Un uomo splendido, dalla corporatura robusta, sulla quarantina, con la pelle abbronzata e capelli color grigio-ferro, stava raccontando in qual modo la sua ragazza gli avesse fatto pervenire di nascosto droga in un'arancia. "Sicché, ci trovavamo laggiù, a County. A farcela addosso tutti e due, maledizione, come tonti. Diavolo, quando affondo i denti in quell'arancia la sento così amara. Doveva contenere quindici o venti grani, iniettati con una siringa ipodermica. Non immaginavo che lei fosse così intelligente."

"Il secondino mi fa: 'Tossicomane! Accidenti, figlio di puttana, vuoi dire che sei uno stupefatto! Be', qui di medicina non ne avrai!'"

"Olio d'oliva e tintura. L'olio d'oliva galleggia e puoi toglierlo con una pompetta contagocce. Esposta alla fiamma diventa nera come catrame."

"E così ne mollo uno a Philly e te lo stendo come un figlio di puttana."

"Be', l'ammazzagente dice: 'Okay, quanta gliene serve?'"

"Mai provato il dilaudid in polvere? Molta gente ci si è ammazzata. Press'a poco quanto se ne può mettere sulla punta di uno stuzzicadenti. La punta larga, s'intende, non di più."

"Lo metti sulla fiamma e te lo inietti."

"Pieno di droga."

"Saturo."

"Sì, ma nel '33. Ventotto dollari l'oncia."

"Improvvisavamo una pipa con una bottiglia e un tubo di gomma. Quando avevamo finito di fumare, rompevamo la bottiglia."

"Lo fai bollire e te lo inietti."

"Pieno di droga."

"Certo che puoi iniettarti cocaina nella pelle. Ti colpisce proprio allo stomaco."

"Eroina e cocaina. Puoi 'fiutarle' quando entrano nel sangue."

Erano come uomini famelici che non sanno parlare d'altro se non del cibo. Dopo qualche tempo l'effetto della puntura cominciò a svanire. La conversazione cessò. Alcuni andarono a coricarsi, altri a leggere o a giocare a carte. Il pranzo veniva servito in corsia ed era un pasto eccellente. Ci praticavano tre punture al giorno. Una alle sette del mattino, quando ci alzavamo, un'altra all'una del pomeriggio e la terza alle nove di sera. Nel pomeriggio erano entrate due vecchie conoscenze, Matty e Louis. Vidi Louis mentre ci stavamo mettendo in fila per la puntura serale.

"Ti hanno beccato?" domandò.

"No. Sono qui solo per la cura. E tu?"

"Anch'io," rispose.

Dopo la puntura serale, mi diedero un po' di idrato di cloralio in un bicchiere. Cinque nuovi arrivati furono portati nel reparto durante la notte. L'inserviente si mise le mani nei capelli. "Io non so dove li metterò. Ho trentuno intossicati qui dentro, adesso."

Tra i nuovi venuti v'era un uomo dignitoso di settant'anni, con i capelli bianchi, a nome Bob Riordan, un ex informatore, spacciatore di droga e borsaiolo. Aveva lo stesso aspetto dei banchieri verso il 1910. Era arrivato in macchina con due amici. Durante il viaggio verso Lexington avevano telefonato all'ispettore generale dei servizi sanitari a Washington, chiedendogli di telegrafare per preannunciare il loro arrivo e dire che dovevano essere accettati. Chiamavano l'ispettore generale Felix e sembrava che lo conoscessero da un pezzo. Ma quella notte entrò soltanto Riordan. Gli altri due si recarono in una cittadina vicina a Lexington dove conoscevano un medico che li avrebbe sistemati prima che la mancanza di droga li paralizzasse.

Vennero entrambi verso mezzogiorno dell'indomani. Sol Bloom era un grassone con una greve faccia ebraica. Bastava guardarlo per capire che si trattava di un informatore. Lo accompagnava un ometto magro a nome Bunky. Bunky sarebbe potuto essere un contadino o un qualsiasi vecchio rinsecchito e segaligno, se non fosse stato per quei suoi occhi grigi, sereni e gelidi dietro gli occhiali cerchiati in acciaio. Costoro erano i due amici di Riordan. Tutti e tre avevano scontato molte condanne, quasi sempre in prigioni federali, per spaccio di stupefacenti. Erano affabili, ma mantenevano un certo distacco. Dissero che volevano sul serio liberarsi del vizio, perché gli agenti federali li infastidivano continuamente.

Come spiegò Sol: "All'inferno, la droga mi piace, e posso averne una stanza piena; ma non posso servirmene senza che la legge continui a ficcarmi dentro; mi libererò dalla droga e ne starò lontano". Continuò parlando di certi suoi vecchi conoscenti che avevano incominciato con la droga e in seguito erano divenuti rispettabili. "Ora dicono: ' Tenetevi alla larga da Sol. È uno *shmecker*[1]'."

Non si aspettavano, credo, che qualcuno credesse alla solfa voglio-togliermi-il-vizio. Era solo un modo per dire: "La ragione per cui siamo qui è affar nostro".

Un altro nuovo venuto era Abe Green, un ebreo dal lungo naso, mutilato di una gamba. Sembrava quasi il sosia di Jimmy Durante. Aveva occhi da uccello, di un celeste chiaro. Anche in preda al malessere per l'astinenza, irradiava un'impetuosa vitalità. La prima notte che trascorse nel reparto, stette così male che un medico venne a visitarlo e gli somministrò un mezzo grano in più di morfina. Pochi giorni dopo, zoppicava qua e là, chiac-

[1] Dedito alla droga (N.d.T.).

chierando e giocando a carte. Green era un noto spacciatore di droga di Brooklyn, uno dei pochi che fossero indipendenti nel mestiere. Quasi tutti gli spacciatori devono lavorare per il sindacato o andarsene, ma Green aveva tanti di quei contatti che poteva rimanere nel commercio per suo conto. In quel momento si trovava in libertà provvisoria dietro cauzione, ma sperava di cavarsela sostenendo di essere stato arrestato illegalmente. "Quello (l'agente federale) mi sveglia nel cuor della notte e incomincia a picchiarmi in testa con la pistola. Vuole sapere chi sono i miei contatti. Gli dico: 'Ho cinquantaquattro anni e da me voi non avete ancora saputo niente. Creperò prima di dirvi qualcosa'."

Parlando di un periodo di prigione ad Atlanta, dove si era liberato completamente del vizio, disse: "Per quattordici giorni avevo battuto la testa contro il muro e mi usciva il sangue dagli occhi e dal naso. Quando veniva l'aguzzino a interrogarmi, gli sputavo in faccia". Dette da lui, queste rievocazioni avevano un che di epico.

Benny era un altro ebreo dei bei tempi passati, un altro *shmecker* di New York. Era stato a Lexington undici volte e ora ci si trovava in base alla legge Blue Grass [1]. Secondo la legge Blue Grass del Kentucky, ogni "noto tossicomane può essere condannato a un *anno di detenzione* nel carcere della Contea, con l'alternativa di assoggettarsi alla cura a Lexington". Era un piccolo ebreo basso di statura, grassoccio, con una faccia tonda. Non avrei mai creduto che Benny fosse un drogato; ave-

[1] Il Blue Grass è una regione del Kentucky così chiamata perché lussureggiante d'erbe *blue grass*, *Poa pratensis* (N.d.T.).

va una bella voce tenorile, alquanto poderosa, e il suo cavallo di battaglia era *April Showers (Piovaschi d'aprile)*.

Un giorno Benny entrò eccitatissimo nella sala comune.

"Poco fa è arrivato Moishe," disse. "È un accattone e un invertito. Un'onta per la razza ebraica."

"Ma Benny," disse qualcuno, "ha moglie e figli."

"Me ne infischio anche se ha dieci marmocchi," esclamò Benny. "È ugualmente un finocchio."

Moishe si fece vedere circa un'ora dopo. Gli si leggeva in faccia ch'era un omosessuale e dedito senz'altro all'accattonaggio. Si trattava di un uomo sulla sessantina, con la faccia liscia e rosea e i capelli bianchi.

Matty si aggirava ovunque nel reparto, attaccando discorso con tutti, facendo domande oscene e indelicate, descrivendo nei minimi particolari i sintomi della sua disassuefazione. Non si lamentava mai. Non credo che fosse capace di autocompatimento. Bob Riordan gli domandò che cosa fecesse per tirare avanti e Matty rispose: "Non sono altro che un ladro stupido e tonto". Ci raccontò di un ubriaco addormentato su una panchina della sotterranea. "Sapevo che aveva un rotolo nella tasca laterale, ma ogni volta che arrivavo a un tre metri da lui si destava e diceva 'Che cosa vuole?'" Non si stentava a capire che le vigorose e importune emanazioni di Matty potevano avere svegliato il fradicio. "Così andai in cerca di un tale che conoscevo. Un vagabondo che spacciava capsule di nembutal. Quello si sedette accanto al fradicio e venti secondi dopo aveva il rotolo. Tagliò la tasca."

"Perché non lo hai scaraventato con un urtone contro il muro e non ti sei preso i soldi?" domandò Riordan con quei suoi modi cordiali e amabili.

Matty aveva una sconfinata faccia tosta, dietro la quale non si celava alcuna incertezza. Non aveva assolutamente l'aria dello "stupefatto". Se un farmacista si rifiutava di vendergli un ago, lui diceva: "Perché non vuole vendermelo? Ho forse l'aspetto di un tossicomane?" Era stato un medico, sosteneva lui, a farlo scivolare nel vizio della droga. "Quel bastardo," diceva Matty, "soleva mormorarmi: 'Matty, ti ci vuole una piccola puntura'. Ma feci in modo che si augurasse di non avermi mai visto."

Immaginavo benissimo un vecchio medico panciuto che tentava di rifiutare a Matty una puntura a credito. I tipi come Matty costituiscono uno dei rischi dello spaccio di stupefacenti. Di solito hanno soldi; quando non ne hanno, pretendono che gli si faccia credito. Se rifiuti, son pronti a ricorrere alla violenza. Non vogliono saperne di un "no" quando hanno bisogno di droga.

La cura a Lexington non è certo studiata per tenere tranquilli gli intossicati. Incomincia con un quarto di grano di morfina tre volte al giorno e dura otto giorni; il preparato usato attualmente è una morfina sintetica detta dolophina. Dopo otto giorni ti praticano una puntura finale e ti passano al reparto "smistamento". Là ti somministrano per tre sere barbiturici, e così si completa la cura.

Per chi è assuefatto ad alte dosi, si tratta di un processo assai sbrigativo. Io ebbi fortuna, per il fatto ch'ero entrato in preda al "malessere"; quindi le dosi somministrate durante la cura furono sufficienti per rimettermi in sesto. Quanto più sei in preda al "malessere", e quanto più lungo è stato il periodo durante il quale hai dovuto fare a meno della droga, tanto minore è la dose necessaria per rimetterti in sesto.

Quando giunse per me il momento dell'ultima puntura, fui assegnato al reparto B: "la fogna", lo chiamavano. Non c'era niente da dire per quanto concerneva la sistemazione, ma i ricoverati avevano un aspetto pietoso. Nella mia sezione c'era un branco di vecchi vagabondi con la bava alla bocca.

Al termine della cura ti è consentito di riposare per sette giorni allo "smistamento". Poi devi sceglierti un mestiere e andare a lavorare. Lexington dispone di una vera e propria fattoria e di una vaccheria. I ricoverati possono lavorare in uno studio dentistico, dove producono denti finti, in un laboratorio di riparazioni radio, in una biblioteca. Fanno i portieri, cucinano, servono a tavola e sono anche assistenti dei sorveglianti dei reparti. Si può quindi scegliere tra una vasta gamma di mestieri.

Io non intendevo rimanere abbastanza a lungo per lavorare. Quando l'effetto dell'ultima puntura incominciò a dileguare, fui ripreso dal malessere per la mancanza di droga. Un'ombra appena di quel che avevo provato prima di farmi ricoverare, ma era ugualmente terribile. Quella notte, anche con il sedativo, non riuscii a prendere sonno. L'indomani fu ancor peggio. Non potevo toccar cibo ed era uno sforzo immane per me muovermi e camminare. La dolophina fa cessare il malessere, ma non appena la cura ha termine, il malessere torna. "Non ci si libera del vizio nel reparto punture," mi disse un ricoverato. "Te ne sbarazzi qui, allo smistamento." Quando cessò la somministrazione serale di calmanti, me ne andai, ancora in preda al malessere. In un pomeriggio gelido e ventoso cinque di noi salirono su un tassì diretto a Lexington.

"La prima cosa da fare è andarsene subito da Lexington," mi dissero i compagni. "Va' diritto al capolinea degli autobus e rimanici finché non partirà quello che devi prendere. Altrimenti potresti violare la Blue Grass." Questa legge era stata escogitata, tra l'altro, per tutelare i medici e i farmacisti del Kentucky contro le molestie e le insistenze dei tossicomani che entravano nella Lexington Narcotics Farm. Essa ha inoltre lo scopo di distogliere gli intossicati dal proposito di trattenersi nella cittadina di Lexington.

A Cincinnati mi recai in numerose farmacie acquistando flaconcini da un'oncia di debole tintura d'oppio canforata. Due once di tintura d'oppio rimettono in sesto il tossicomane quando ha ridotto le dosi, come nel caso mio in quel momento. Bevvi tre once della tintura, facendole seguire da un po' d'acqua calda. Dopo circa dieci minuti sentii che la droga cominciava ad agire e il malessere scomparve. Subito mi venne appetito e andai in albergo a mangiare.

IX

Infine mi recai nel Texas e mi tenni lontano dalla droga per circa quattro mesi. Poi andai a Nuova Orleans. A Nuova Orleans esiste una serie stratificata di rovine. Lungo Bourbon Street ci sono le rovine degli anni venti. Là dove il quartiere francese incomincia a fondersi con il quartiere della malavita si trovano le rovine di uno strato più antico: piccoli ristoranti economici, alberghi in sfacelo, saloon del passato, con banchi di mogano, sputacchiere e lampadari di cristallo. Le rovine del 1900.

Vi sono persone, a Nuova Orleans, che non sono mai andate oltre la periferia della città. L'accento di Nuova Orleans è identico all'accento di Brooklyn. Il quartiere francese è sempre affollato. Turisti, operai, marinai, giocatori d'azzardo, pervertiti, vagabondi, evasi provenienti da ogni stato dell'Unione. La gente si aggira qua e là, senza una meta, senza uno scopo, e in genere ha un'aria vagamente tetra e ostile. Questa è una città in cui puoi spassartela. Anche i criminali ci vengono per prendersela calma e rilassarsi.

Ma una complessa rete di tensioni, simile ai labirinti elettrici escogitati dagli psicologi per scardinare il sistema nervoso delle cavie e dei porcellini d'India, mantiene i disgraziati buontemponi in uno stato di all'erta non consumata. In primo luogo, Nuova Orleans è esageratamente rumorosa. Gli autisti si orientano soprattutto per mezzo dei clacson, come pipistrelli. Gli abitanti della città sono scontrosi. La gente di passaggio è eterogenea e senza alcun legame, per cui non sai mai quale comportamento puoi aspettarti da chiunque.

Nuova Orleans era una città ch'io non conoscevo e pertanto non avevo modo di assicurarmi contatti per procurarmi droga. Passeggiando per la città, individuai parecchi territori di droga: St. Charles e Poydras, la zona intorno e sopra Lee Circle, Canal ed Exchange Place. Io non individuo le zone frequentate dagli intossicati a causa del loro aspetto, ma grazie a un sesto senso, qualcosa di simile al processo mediante il quale il rabdomante individua sorgenti nascoste. Cammino e a un tratto la droga che ho nelle cellule si muove e guizza come la bacchetta del rabdomante: "La droga è qui!"

Non incontrai nessuno ch'io conoscessi, e del resto volevo tenermi lontano dal vizio, o per lo meno credevo di volermene tenere alla larga.

Una sera mi trovavo nel Frank's Bar, vicino a Exchange Place, sorseggiando una Coca Cola con rum. Era un locale equivoco: marinai e scaricatori, invertiti, tenutari della casa da gioco aperta tutta la notte lì accanto, e certi figuri inclassificabili. In piedi accanto a me si trovava un uomo di mezza età, con una faccia lunga e smunta e capelli brizzolati. Gli domandai se non volesse tenermi compagnia bevendo una birra.

Rispose: "Ben volentieri, ma purtroppo... purtroppo non sono in grado di ricambiare". Era ovviamente uno di quegli uomini che si guadagnano da vivere con le fatiche materiali, un autodidatta, uno scocciatore tremendo una volta che abbia individuato in te "l'intellettuale".

Ordinai due birre e quello seguitò a dirmi ch'era abituato a ricambiare. Quando le birre furono servite, disse: "Vogliamo trovare un tavolino al quale ci sia possibile discutere la situazione mondiale e il significato della vita senza essere disturbati?" Portammo i bicchieri a un tavolo. Io mi stavo preparando a trovare un pretesto per andarmene. L'uomo disse a un tratto: "Ecco, per esempio, io so che lei si interessa ai narcotici".

"Come lo sa?" domandai.

"Lo so," fece lui sorridendo. "So che lei si trova qui per svolgere indagini sui narcotici. Ho lavorato parecchio anch'io in questo campo. Sarò andato una cinquantina di volte all'FBI per dire loro quel che sapevo. Lei non ignora, naturalmente, come i narcotici siano collegati al comunismo. Ho navigato sulle linee C e A, l'anno scorso. Quelle linee sono controllate dai comunisti; il primo macchinista era uno di loro. Lo scoprii subito. Fumava la pipa e adoperava un accenditore; si serviva dell'accenditore per fare segnalazioni." Mi mostrò in qual modo il macchinista accendesse la pipa con l'accenditore e coprisse e scoprisse la fiammella per fare segnali. "Oh, era un dritto."

"Segnali a chi?" domandai.

"Non lo so bene. Un aereo ci seguì per qualche tempo. Lo sentivo tutte le volte ch'egli usciva per accendere la pipa. Le dirò una cosa, se permette, che le farà risparmiare un sacco di tempo. Il posto adatto per le informazioni che sta cercando è l'hotel Frontier. I proprietari dell'hotel Frontier hanno anche l'hotel Standish, a Filadelfia; sono nel traffico dei narcotici e hanno rapporti con il comunismo."

"Non è un po' pericoloso per lei parlare così? Non sa chi sono io. Se stessi dall'altra parte?"

"So benissimo con chi sto parlando," rispose. "Se non lo sapessi, non mi troverei qui. Sarei morto. Tra tutti gli individui che affollano questo bar ho scelto proprio lei, no?"

"Sì, ma perché?"

"Qualcosa mi dice quel che debbo fare." Mi mostrò una medaglietta religiosa che portava al collo. "Se non portassi questa, avrei fermato già da un pezzo la traiettoria di un coltello o di una pallottola."

"Perché si occupa di narcotici?"

"Perché non mi garba quello che fanno alla gente. Avevo un compagno di bordo intossicato."

"Mi dica," domandai, "qual è precisamente il rapporto tra narcotici e comunismo?"

"Lei lo sa molto meglio di me. Vedo che sta cercando di scoprire fino a qual punto io sia informato. Benissimo. Nei narcotici e nel comunismo ci sono le stesse persone. In questo momento dominano la maggior parte dell'America. Io sono un marinaio; ho navigato per vent'anni. Chi se li becca i posti di comando nel sindacato dei marittimi? Americani di razza bianca come lei e come me, forse? No. Terroni italiani e spagnoli e negri. E perché? Perché il sindacato controlla la marina mercantile e i comunisti dominano il sindacato."

"Mi troverà qui, se avrà bisogno di me," disse quando si alzò per andarsene.

Nel quartiere francese vi sono parecchi bar di invertiti, così affollati che ogni sera i finocchi traboccano sui marciapiedi. Un locale pieno di invertiti mi dà i brividi. Ballonzolano qua e là come fantocci appesi a fili invisibili, galvanizzati da quella schifosa attività che è la negazione di tutto ciò che esiste di vivo e di spontaneo. L'essere umano vivente ha disertato da un pezzo questi corpi. Ma qualcosa ha occupato il posto quando l'inquilino originario se n'è andato. Gli invertiti sono manichini di ventriloqui che si sono sostituiti al ventriloquo. Il manichino se ne sta seduto in un bar di omosessuali covando la propria birra e cianciando senza freno con quella sua rigida faccia di bambola.

Di tanto in tanto capita di incontrare personalità integre in un bar di invertiti, ma sono i finocchi a dare il tono a simili locali, e invariabilmente io mi sento depresso entrando in questi bar. La depressione si accumula. Dopo la prima settimana in una città che non conosco, ne ho fino alla cima dei capelli, e le mie capatine nei bar si spostano altrove, in genere nei locali del quartiere della malavita o delle sue vicinanze.

Ma di quando in quando ricado nell'errore. Una sera mi presi una sbornia tipo lobotomia da Frank e andai in un bar di invertiti. Dovetti continuare a bere, là dentro, perché nei miei ricordi c'è uno spazio vuoto. Incominciava a far chiaro, fuori, quando nel bar dilagò uno di quei silenzi improvvisi. Il silenzio è un fenomeno che non si determina spesso in un bar frequentato da omosessuali. Presumo che quasi tutti i finocchi se ne fossero andati. Me ne stavo appoggiato al banco, con una birra della quale non avevo nessuna voglia davanti a me. Lo strepito si dissipò come fumo e scorsi un giovincello rosso di capelli che mi fissava negli occhi, ritto lì accanto a un metro circa di distanza.

L'approccio non era quello dell'invertito, e così gli dissi: "Come se la passa?" o qualcosa di simile.

Rispose: "Vuol venire a letto con me?"

Dissi: "Okay. Andiamo".

Mentre uscivamo afferrò la mia bottiglia di birra sul banco e se la infilò sotto la giacca. Fuori era già giorno, il sole stava spuntando. Ci inoltrammo barcollanti nel quartiere francese, passandoci avanti e indietro la bottiglia. Lui disse che mi stava conducendo al suo albergo. Avrei dovuto stare più all'erta, certo, ma non mi è mai riuscito di mescolare vigilanza e sesso. Intanto egli seguitava a discorrere senza posa con una erotica voce meridionale che non era una voce di Nuova Orleans, e alla luce del giorno sembrava ancora piacevole.

Arrivammo a un albergo e lui mi contò qualche fola, spiegandomi perché doveva entrare per primo e da solo. Mi tolsi di tasca alcune banconote. Le guardò e disse: "Meglio darmi i dieci dollari".

Glieli diedi. Entrò nell'albergo e uscì subito.

"Non hanno stanze," disse. "Proveremo al Savoy."

Il Savoy si trovava proprio dirimpetto.

"Aspetti qui," egli disse.

Aspettai un'ora, poi capii cosa aveva trovato che non andava nel primo albergo; non c'erano uscite posteriori o laterali che gli consentissero di tagliare la corda. Tornai nel mio appartamento e presi la pistola. Girai intorno al Savoy e cercai il giovincello in tutto il quartiere francese. Verso mezzogiorno mi venne fame; mangiai un piatto d'ostriche, bevvi un bicchiere di birra e improvvisamente mi sentii così stanco che quando uscii dal ristorante le gambe mi si piegavano sotto come se qualcuno mi avesse sferrato colpi dietro le ginocchia.

Tornai a casa in tassì e mi gettai sul letto di traverso, senza togliermi le scarpe; mi destai verso le sei del pomeriggio e andai da Frank. Dopo aver tracannato tre birre mi sentii meglio.

C'era un uomo in piedi accanto al juke-box, e più volte ne sorpresi lo sguardo su di me. Mi osservava con uno sguardo particolare di intesa, come si guardano tra loro gli invertiti. Sembrava una di quelle teste di terracotta nelle quali si semina erba. Una faccia di contadino, con intuizione, stupidità, malizia e furberia contadinesche.

Il juke-box non funzionava. Mi avvicinai e gli domandai che cosa avesse. Disse di non saperlo. Lo invitai a bere qualcosa e ordinò una Coca Cola; mi disse che si chiamava Pat; gli dissi ch'ero arrivato di recente dal confine messicano.

Disse: "Mi piacerebbe andare da quelle parti. Portare un po' di merce dal Messico".

"Il confine è pericoloso," osservai io. "Sorvegliato."

"Spero che quanto sto per dire non la offenda," cominciò lui, "ma lei ha l'aria di servirsi della droga per se stesso."

"Certo che me ne servo."

"Ne vuole?" domandò. "Devo provvedermene tra pochi minuti. Se me ne compra una capsula, posso procurargliela."

Dissi: "Okay".

Voltammo all'angolo, passando davanti al sindacato dei marittimi.

"Mi aspetti qui un momento," disse Pat, scomparendo in un bar. Mi aspettavo quasi di essere truffato dei miei quattro dollari, ma tornò di lì a pochi minuti. "Okay," disse. "Ce l'ho."

Lo invitai a venire a farsi una puntura a casa mia. Andammo nella mia stanza e io tirai fuori l'attrezzatura che non adoperavo da cinque mesi.

"Se non è assuefatto, farebbe bene ad andarci piano con questa roba," mi ammonì. "È molto forte."

Misurai circa i due terzi di una capsula.

"Metà è più che sufficiente," osservò. "Le dico che è forte."

"Così andrà benissimo," feci io; ma non appena ebbi estratto l'ago dalla vena capii che non andava bene. Sentii come un colpo soffice al cuore. La faccia di Pat cominciò ad annerirsi agli orli, e il nero si diffondeva coprendogli il viso, come se egli avesse effettivamente cambiato colore. Sentii i globi degli occhi arrovesciarmisi nelle orbite.

Rinvenni parecchie ore dopo. Pat se n'era andato. Giacevo sul letto con il colletto della camicia aperto. Mi alzai e caddi in ginocchio. Avevo il capogiro e mi doleva la testa. I dieci dollari nel taschino dei pantaloni erano scomparsi. Doveva essersi detto, immaginai, che non ne avrei avuto più bisogno.

Parecchi giorni dopo incontrai Pat nello stesso bar.

"Gesù santo!" esclamò. "Credevo che stesse morendo! Le ho sbottonato il colletto e le ho strofinato ghiaccio sul collo. Era diventato tutto blu. E così mi son detto: 'Gesù santo, quest'uomo sta morendo! Taglio la corda, io!'"

Di lì a una settimana ero agganciato. Domandai a Pat che possibilità vi fossero di spacciare droga a Nuova Orleans.

"La città è infestata dai 'piccioni'," rispose. "È un vero disastro."

Così continuai, procurandomi droga per mezzo di Pat. Smisi di bere, smisi di uscire la sera e mi adattai a un tran-tran regolare: una capsula tre volte al giorno, e il tempo intermedio da riempire in qualche maniera. In genere lo impiego dipingendo e lavorando in casa. Il lavoro manuale fa sì che il tempo fugga veloce. Naturalmente, il più delle volte, ci impiegavo parecchio a procurarmi la droga.

Quando capitai per la prima volta a Nuova Orleans, lo spacciatore grosso - o "l'Uomo", come dicono da quelle parti - era un tizio chiamato Giallo. Lo chiamavano così perché aveva un colorito giallognolo, da fegatoso; era un ometto magro e zoppicava trascinando una gamba. Lavorava davanti a un bar vicino al sindacato e di quando in quando scolava una birra per giustificare le parecchie ore al giorno in cui sedeva nel bar. In quel momento si trovava in libertà provvisoria dietro cauzione e quando fu processato si beccò due anni.

Seguì un periodo di caos e divenne difficile procurarsi droga. A volte giravo per sette od otto ore in automobile con Pat, aspettando e cercando vari individui che avrebbero potuto averne. Finalmente Pat trovò un contatto che spacciava all'ingrosso, un dollaro e mezzo per capsula, non meno di venti capsule. Questo contatto era Joe Brandon, uno dei pochi spacciatori di droga non tossicomani ch'io abbia mai conosciuto.

Pat e io cominciammo a spacciare al minuto, giusto quanto bastava per permetterci il vizio. Provvedevamo droga soltanto a persone che Pat conosceva bene e delle quali era sicuro. Il nostro cliente migliore era Dupré; si trattava di un *croupier* di una bisca e aveva sempre soldi. Ma era avido di droga e non riusciva a tenere le mani fuori dal cassetto del registratore di cassa; finì col perdere il posto.

Don, un vecchio amico di Pat - abitava nello stesso quartiere -, aveva un impiego in municipio. Ispezionava non so cosa, ma per una buona metà del tempo era tormentato dal malessere. Non aveva mai soldi per più di una capsula, e quasi tutto quel poco di cui poteva disporre glielo dava la sorella. Pat mi disse che Don era malato di cancro.

"Be'," feci io, "immagino che morirà presto."

E così fu, infatti. Si mise a letto, vomitò per una settimana, e morì.

"Selz Willy" era proprietario di un autocarro e aveva un giro di clienti ai quali distribuiva sifoni d'acqua di selz. Questo lavoro gli procurava due capsule al giorno, ma non era un piazzista d'acqua di selz molto intraprendente. Si trattava di un uomo esile, rosso di capelli, dai modi blandi, il tipo solitamente definito innocuo.

"È pauroso," diceva Pat. "Pauroso e stupido."

Un altro cliente occasionale era Lonny il Mezzano, cresciuto nella casa di tolleranza di sua madre. Lonny tentava di intervallare le punture, in modo da non scivolare nel vizio. Seguitava a lamentarsi perché non riusciva a raggranellare niente, le camere in albergo gli costavano parecchio, e la polizia lo costringeva a spostarsi di continuo. "Capita l'antifona?" diceva. "Non c'è percentuale."

Lonny era il puro lenone. Pelle e ossa e nervoso. Non riusciva a star fermo e non riusciva a tacere. Quando parlava, muoveva continuamente le mani magre, con eleganza e guidava una Buick trasformabile; ma non esitava a chiederci credito per una capsula da due dollari.

Dopo essersi fatto la puntura diceva, abbassandosi la manica della camicia di seta a righe e infilando nelle asole i bottoni da polso: "Sentite, ragazzi, sono un po' a terra. Non vi spiace darmela a credito per questa volta, no? Lo sapete che pago".

Pat lo fissava con quei suoi occhietti iniettati di sangue. Uno sguardo arcigno da contadino. "Accidenti, Lonny, i soldi dobbiamo tirarli fuori per comprare questa roba. Che ne diresti se la gente venisse da te, stendesse le tue donne e poi ti chiedesse credito?" Pat crollò il capo. "Sei come tutti gli altri. Una volta che ce l'hanno in vena, se ne infischiano. Ho qui un posto sicuro dove possono venire e pungersi, e quale considerazione ne ricavo in cambio? Quando ce l'hanno in vena, non si curano d'altro."

"Be', sta' a sentire, Pat, non voglio scroccarti niente. Eccoti qui un dollaro, il resto te lo porto nel pomeriggio. Okay?"

Pat prese il dollaro e se lo mise in tasca senza dir niente. Sporse le labbra in una smorfia di disapprovazione.

Selz Willy passava verso le dieci, durante il suo giro, si praticava una puntura e comprava una capsula per la sera. Dupré si faceva vedere verso mezzogiorno, quando finiva di lavorare; aveva il turno di notte. Gli altri venivano a qualunque ora, quando gliene saltava il ticchio.

Bob Brandon, il nostro contatto, era in libertà provvisoria dietro cauzione. Lo avevano denunciato e doveva essere giudicato dal tribunale dello stato per possesso di stupefacenti, un reato grave in base alla legge della Louisiana. L'accusa si basava su indizi... egli si era sbarazzato della droga prima che la polizia gli perquisisse la casa; ma non aveva lavato il vaso in cui era stata tenuta. Le autorità federali non si occupano di processi indiziari, e così era intervenuto lo stato; è questa la procedura normale nella Louisiana. Tutti i processi troppo incerti per i tribunali federali passano ai tribunali statali, che procedono in ogni caso. Brandon si aspettava di essere assolto. Godeva di molti appoggi nell'ambiente politico e in ogni modo lo stato non disponeva di prove. Ma il pubblico ministero si richiamò ai precedenti di Brandon, che comprendevano una condanna per assassinio, ed egli si beccò da due a cinque anni.

Pat trovò subito un altro contatto e noi continuammo a spacciare droga. Uno spacciatore a nome Yonkers incominciò a piazzare stupefacenti all'angolo tra Exchange e Canal; Pat perdette alcuni clienti a vantaggio di Yonkers. In realtà la merce di Yonkers era migliore, e a volte io mi procuravo la droga presso di lui, o presso il suo socio, un vecchio orbo a nome Richter. Pat veniva sempre a saperlo, non so come - aveva l'intuizione di una madre possessiva -, e allora metteva il broncio per due o tre giorni.

Yonkers e Richter non durarono a lungo. L'angolo tra Exchange e Canal è uno dei punti di Nuova Orleans più sorvegliati dalla polizia, per quanto concerne la droga. Un giorno i due scomparvero e Pat disse: "Vedrai che adesso qualcuno di quei messeri tornerà da me. Ho detto a Lonny: ' Se vuoi comprare da Yonkers, fa' pure, ma non tornare qui e fa' conto che io non esista più '. Sentirai quello che gli dirò se si rifarà vivo". Pat mi scoccò un'occhiata malevola.

Un giorno, la donna che dirigeva l'albergo di Pat mi fermò nel vestibolo. "Voglio solo avvertirla di essere prudente," disse. "La polizia è stata qui, ieri, e ha perquisito a fondo la stanza di Pat. E hanno arrestato il giovanotto con l'autocarro dei sifoni di selz. È in carcere, adesso."

La ringraziai. Poco dopo entrò Pat. Mi disse che i piedipiatti avevano agguantato Selz Willy mentre usciva dall'albergo. "Non gli hanno trovato droga addosso e così lo hanno portato al terzo distretto, trattenendolo 'in attesa di indagini'." Ci rimase settantadue ore, il massimo periodo di fermo senza che vengano formulate accuse.

I poliziotti avevano perquisito la stanza di Pat, ma lui teneva la droga nascosta nel vestibolo, e così non l'avevano trovata. Pat mi riferì: "Hanno detto: 'Ci risulta che qui dentro viene una tua clientela fissa a praticarsi punture. Sarà bene che tu la pianti, altrimenti la prossima volta verremo ad arrestarti e basta'".

"Bene," dissi io, "sarà meglio piantarla, eccezion fatta per Dupré. Servendo lui non corriamo rischi."

"Dupré ha perduto il posto," disse Pat. "Mi deve già venti dollari."

Ricominciammo ad andare in cerca di droga ogni giorno. Venimmo a sapere che "l'Uomo" era Lonny. Così andavano le cose a Nuova Orleans. Non sapevi mai chi sarebbe stato il prossimo "Uomo".

Press'a poco in quel periodo si ebbe in città una violenta campagna contro i narcotici. Il capo della polizia disse: "Questa campagna non cesserà finché in città continuerà a esistere anche un solo trasgressore della legge". I legislatori dello stato vararono una legge che considerava un reato il vizio degli stupefacenti. Non specificarono né il luogo, né le circostanze, e neppure che cosa si intendesse per tossicomane.

La polizia incominciò a fermare gli intossicati per la strada e a esaminare loro le braccia, cercando tracce di punture. Se le trovavano, esercitavano pressioni sul tossicomane affinché firmasse una dichiarazione nella quale ammetteva il proprio vizio; si poteva così perseguirlo in base alla legge sui tossicomani. Ai drogati si prometteva di sospendere la sentenza qualora si fossero dichiarati colpevoli, consentendo così di applicare la nuova legge. Gli intossicati devastavano il proprio corpo cercando, in punti diversi dalle braccia, vene in cui iniettare la droga. Se la polizia non trovava tracce di punture su un indiziato, di solito lo rimetteva in libertà. In caso contrario lo tratteneva per settantadue ore e tentava di fargli firmare una dichiarazione.

Il contatto che spacciava a Lonny all'ingrosso rinunciò e "l'Uomo" divenne un tizio soprannominato Vecchio Dick. Vecchio Dick aveva scontato dodici anni nell'Angola. Agiva in una zona sovrastante direttamente Lee Circle, un altro punto sorvegliatissimo di Nuova Orleans per quanto concerne la droga e ogni altra cosa.

X

Un giorno rimasi a corto di quattrini e feci un involto della pistola per andare a impegnarla in città. Quando entrai nella stanza di Pat, c'erano due persone. Uno dei due era Rosso McKinney, un tossicomane rattrappito e storpio; l'altro un giovane marinaio della mercantile a nome Cole. Cole non aveva il vizio in quel periodo e voleva trovare un contatto per procurarsi marijuana. Era un autentico fumatore d' "erba". Mi disse che senza la marijuana non poteva godere. Ho conosciuto persone come lui. Per loro il "tè" occupa il posto che hanno di solito i liquori. Non c'è bisogno che lo facciano nel senso materiale, ma senza l' "erba" non possono spassarsela sul serio.

Io avevo per caso parecchie once di marijuana a casa mia. Cole accettò di comprare quattro capsule in cambio di un'oncia di quell' "erba". Andammo a casa mia. Cole provò la marijuana e disse ch'era buona. Ci mettemmo così in cerca di droga.

Rosso disse che conosceva un contatto in Julia Street. "Dovremmo poterlo trovare laggiù, adesso."

Pat sedeva al volante della mia macchina mezzo appisolato. Ci trovavamo sul traghetto che portava da Algiers, dove abitavo io, a Nuova Orleans. A un tratto Pat alzò la testa e aprì quei suoi occhi iniettati di sangue.

"Quel posto è troppo sorvegliato dalla polizia," disse a voce alta.

"E in quale altro posto possiamo procurarci la droga?" disse McKinney. "Anche il vecchio Dick lavora da quelle parti."

"Vi dico che quella strada è troppo sorvegliata dalla polizia," ripeté Pat. E si guardò intorno risentito, come se quel che vedeva fosse disgustoso.

Non esisteva, in effetti, nessun altro luogo in cui si potesse acquistare droga. Senza dir parola Pat incominciò a guidare nella direzione di Lee Circle. Quando arrivammo in Julia Street, McKinney disse a Cole: "Dammi i soldi, perché possiamo vederlo da un momento all'altro. Passeggia intorno a questo isolato. È un contatto ambulante".

Cole diede a McKinney quindici dollari. Facemmo adagio, per tre volte, il giro dell'isolato, ma McKinney non vide "l'Uomo".

"Be', credo che dovremo provare con il vecchio Dick," disse McKinney.

Ci mettemmo in cerca del vecchio Dick sopra Lee Circle. Dick non si trovava nella vecchia pensione in cui alloggiava, una costruzione in legno. Seguitammo a girare adagio lì attorno. Di tanto in tanto Pat vedeva qualcuno che conosceva e fermava la macchina; nessuno aveva incontrato il vecchio Dick. Alcuni degli individui chiamati da Pat si limitarono villanamente a un'alzata di spalle e continuarono a camminare.

« Quei tizi non ti direbbero mai niente, » osservò Pat. « È un dispiacere per loro potersi rendere utili a qualcuno. »

Parcheggiammo la macchina vicino alla pensione di Dick, e McKinney andò fino all'angolo a comprare un pacchetto di sigarette. Tornò indietro in fretta, zoppicando, e salì sull'automobile.

« La polizia, » disse. « Filiamo via di qui. »

Ci scostammo dal marciapiede e una macchina di pattuglia ci sorpassò. Vidi il poliziotto al volante voltarsi e affrettarsi a girare la macchina quando scorse Pat.

« Siamo fregati, Pat, » dissi. « Continua a correre! »

Pat non aveva bisogno di farselo dire. Schiacciò l'acceleratore e svoltò a un angolo, diretto verso Corondolet. Mi girai verso Cole, che si trovava sul sedile posteriore. « Getti fuori quell' ' erba ', » gli ordinai.

« Aspetti un momento, » rispose Cole. « Potremmo seminarli. »

« È pazzo? » dissi. Pat, McKinney e io gridammo in coro: « Fuori l' ' erba '! »

Ci trovammo sulla Corondolet, diretti verso il centro. Cole gettò fuori la marijuana, che scivolò sotto una macchina parcheggiata. Pat infilò la prima curva a destra, in una strada a senso unico. La macchina di pattuglia stava percorrendo la stessa strada, dall'estremità opposta, e procedeva nel senso vietato. Eravamo bloccati. Udii Cole gridare: "Oh, Gesù, ne ho dell'altra!"

I poliziotti balzarono giù con le mani sulle pistole, ma non le impugnarono. Si avvicinarono di corsa alla macchina. Uno di loro, l'autista che aveva riconosciuto Pat, aveva un gran sorriso sulla faccia. "Dove te la sei procurata l'automobile, Pat?" Gli dissi ch'era mia.

L'altro poliziotto aprì lo sportello posteriore. "Tutti fuori," disse.

McKinney e Cole si trovavano sul sedile posteriore. Discesero, e i poliziotti li perquisirono. L'agente che aveva riconosciuto Pat trovò subito la marijuana nel taschino della camicia di Cole.

"Qui ce n'è abbastanza per arrestare tutto il branco," disse. Questo poliziotto aveva una faccia liscia e rossa e non faceva che sorridere. Trovò la mia rivoltella nello scomparto dei guanti. "Questa è un'arma straniera," disse. "L'ha fatta registrare?"

"Credevo che si dovessero registrare soltanto le armi automatiche," dissi io.

"No," rispose il piedipiatti, sorridendo, "la legge riguarda tutte le armi." Sapevo che si sbagliava, ma non ci avrei guadagnato niente a dirglielo. Mi esaminò le braccia. "Ci ha dato dentro così spesso in questo punto che sta per infettarsi," disse additando un gonfiore causato dall'ago.

Arrivò il furgone e salimmo tutti quanti. Ci portarono al secondo distretto di polizia. I poliziotti esaminarono i documenti della macchina. Non potevano credere che l'automobile mi appartenesse; venne perquisita almeno sei volte da persone diverse. Infine ci chiusero tutti quanti in una cella di circa un metro e ottanta per due e quaranta. Pat sorrise e si strofinò le mani.

"Qualche tossicomane si sentirà maledettamente male, qui dentro," disse.

Poco dopo venne il secondino e gridò il mio nome. Mi portò in una stanzetta che dava sull'anticamera del posto di polizia. Nella stanza c'erano due investigatori seduti a un tavolo. Uno dei due era alto e grasso, con la faccia da ranocchia del meridionale sputato; l'altro era di mezza età, un tarchiato poliziotto irlandese. Gli mancavano alcuni incisivi, il che dava al suo viso un accenno di labbro leporino. Questo tipo di piedipiatti poteva benissimo essere stato in passato un ruffiano manesco; in lui non c'era niente del burocrate.

L'interrogatorio doveva essere condotto, ovviamente, dal poliziotto con la faccia di ranocchia. Mi disse di sedere al tavolo di fronte a lui. Spinse avanti sul tavolo un pacchetto di sigarette e una scatola di fiammiferi. "Prenda una sigaretta," disse. Il piedipiatti irlandese sedeva a un lato del tavolo, alla mia sinistra; era vicino abbastanza per arrivare a me senza alzarsi. L'altro stava esaminando i documenti della mia macchina; tutto quel che mi avevano tolto dalle tasche era disposto sul tavolo davanti a lui: uno specchietto nel suo astuccio, la carta d'identità, il portafogli, chiavi, la lettera di un mio amico di New York, tutto eccetto il temperino, che il poliziotto dalla faccia di cherubino della macchina di pattuglia si era infilato in tasca.

Improvvisamente ricordai il contenuto della lettera. L'amico di New York che mi aveva scritto era un fumatore di marijuana e di quando in quando spacciava "erba". Mi aveva scritto chiedendomi il prezzo dell'"erba" di buona qualità a Nuova Orleans; mi ero rivolto a Pat, il quale mi aveva indicato in via di massima il prezzo di quaranta dollari alla libbra. Nella lettera che si trovava sul tavolo il mio amico accennava alla quotazione di quaranta dollari e diceva di volere un po' di merce a quel prezzo.

A tutta prima pensai che avrebbero potuto ignorare la lettera. Facevano parte della squadra specializzata nei furti di automobili e volevano una macchina rubata. Seguitavano a esaminare i documenti e a porre domande; quando non riuscii a ricordare i dati esatti della macchina, quella fu la prova irrefutabile. Parvero sul punto di adottare la maniera forte.

Infine dissi: "Be', si tratta solo di controllare. Non appena avrete controllato, costaterete che sto dicendo la verità e che la macchina è mia. Ma a parole non ho modo di convincervi. Naturalmente, se volete che dica di aver rubato la macchina, lo dirò. Ma quando controllerete potrete accertare che l'automobile mi appartiene".

"Controlleremo, e come."

Il piedipiatti faccia-di-ranocchia piegò i documenti con cura e li mise da parte. Prese la busta e osservò l'indirizzo e il timbro postale. Poi tolse la lettera dalla busta. Lesse la lettera silenziosamente. Poi la lesse a voce alta, omettendo i punti in cui non si parlava di marijuana. Rimise la lettera sul tavolo e mi fissò.

"Lei non solo fuma marijuana," disse, "ma la spaccia, anche, e ha un'infornata d' 'erba' schiaffata via in qualche posto." Riportò lo sguardo sulla lettera. "Circa quaranta libbre." Mi fissò. "Farebbe bene a giustificarsi."

Non dissi niente.

L'incallito piedipiatti irlandese disse: "È come tutti gli altri. Non parla. Non parlano finché non gli sfondi le costole. Allora cantano, e molto volentieri, anche".

"Andremo ora a fare una perquisizione in casa sua," disse il poliziotto faccia-di-ranocchia. "Se troviamo qualcosa, anche sua moglie finirà dentro."

"Perché non gli fai una proposta, a costui?" disse l'incallito piedipiatti irlandese.

Sapevo che se avessero perquisito la casa sarebbero riusciti a trovare la merce. "Fate intervenire gli agenti federali e vi mostrerò dov'è l' 'erba'," dissi. "Ma voglio la vostra parola che il processo sarà istruito dal tribunale federale e che mia moglie non verrà molestata."

Il poliziotto faccia-di-ranocchia annuì. "D'accordo," disse. "Accetto la sua proposta." Si voltò verso il collega. "Va' a chiamare Rogers," disse.

Pochi minuti dopo l'agente anziano era di ritorno. "Rogers è fuori città e non torna fino a domattina; Williams è malato."

"Bene, chiama Hauser."

Uscimmo e salimmo sulla macchina. Guidava il poliziotto anziano e il capitano stava dietro con me.

"È qui," disse il capitano.

Il poliziotto anziano fermò la macchina e sonò il clacson. Un tale con la pipa in bocca uscì di casa e si mise sul sedile posteriore. Mi fissò, poi distolse lo sguardo, succhiando la pipa. L'uomo sembrava giovane nell'oscurità, ma quando passammo sotto un lampione vidi che aveva il viso rugoso e cerchi scuri sotto gli occhi. La sua era una faccia squadrata da ragazzone americano, un faccia ch'era invecchiata ma non poteva maturare. Presunsi che fosse un agente federale.

Dopo aver fumato in silenzio per parecchi isolati, l'agente si voltò verso di me e si tolse la pipa di bocca. "Chi le sta procurando la droga?" domandò.

"È difficile trovare un contatto di questi tempi," dissi. "Se ne sono andati quasi tutti."

Incominciò a domandarmi chi conoscessi, e io feci il nome di un certo numero di individui che avevano già tagliato la corda. Parve soddisfatto di queste informazioni prive di valore. Se chiudi il becco con i poliziotti, ti schiaffeggiano; vogliono che tu dia loro qualcosa, anche se quanto dai non serve a un bel niente.

Mi domandò che precedenti avessi, e io gli dissi della ricetta a New York.

"Quanto si è beccato quella volta?" domandò.

"Niente. Non si tratta di un reato grave, a New York. Legge sulla sanità pubblica. Legge sulla sanità pubblica numero trecentotrentaquattro, se ben ricordo."

"È molto informato," disse l'anziano piedipiatti.

Il capitano stava spiegando all'agente che, a quanto pareva, io temevo in modo particolare i tribunali dello stato e ch'egli si era accordato con me per passare la pratica alle autorità federali.

"Bene," disse l'agente, "ecco com'è fatto il capitano. Se lo tratti bene, ti tratta bene anche lui." Fumò per qualche tempo. Ci trovavamo sul traghetto, diretti ad Algiers. "C'è un modo semplice e un modo complicato di fare le cose," disse infine.

Quando arrivammo a casa il capitano mi afferrò per

la cintola, dietro la schiena. "Chi c'è in casa, oltre a sua moglie?"

Risposi: "Nessuno".

Sulla porta, il tipo con la pipa mostrò a mia moglie la sua patacca di latta e aprì. Mostrai loro la libbra di marijuana che avevo in casa e alcune capsule di eroina. Ma non soddisfecero il capitano. Voleva quaranta libbre d'"erba".

"Lei non ci sta mostrando tutto quello che c'è, Bill," seguitava a dire. "Su, andiamo. Più cortesi di così non potevamo essere."

Dissi loro che non c'era altro.

L'uomo con la pipa mi fissò. "Vogliamo tutto," disse. Ma lo sguardo di lui non voleva niente con decisione. Si teneva in piedi sotto il lampadario. Il suo viso non era soltanto invecchiato; era in sfacelo. Aveva l'aspetto di un uomo che soffre d'un male inguaribile.

Dissi: "Avete avuto tutto".

Guardò altrove, vagamente, e prese a frugare nei cassetti e negli armadi. Trovò alcune vecchie lettere che lesse stando accosciato sui calcagni; mi domandai perché non si mettesse su una sedia. Evidentemente non voleva star comodo leggendo la corrispondenza altrui. I due poliziotti della squadra furti automobili incominciavano a seccarsi. Infine presero la marijuana, le capsule, una rivoltella calibro 38 che tenevo in casa, e si accinsero ad andarsene.

"Appartiene allo zio Sam, ormai," disse il capitano a mia moglie mentre uscivano di casa.

Tornarono al secondo distretto e mi schiaffarono dentro. Questa volta fui rinchiuso in un'altra cella. Pat e McKinney si trovavano nella cella adiacente. Pat mi chiamò e domandò che cosa fosse accaduto.

"Si mette male," commentò quando glielo ebbi detto.

Pat aveva dato a un avvocato in cerca di clienti dieci dollari perché lo facesse uscire l'indomani mattina.

Mi trovavo in una cella con quattro sconosciuti, tre dei quali tossicomani. L'unica panca era occupata, per cui gli altri dovevano rimanere in piedi o stendersi sul pavimento. Io mi gettai sul pavimento accanto a un tale a nome McCarthy; lo avevo veduto in giro per la città. Si trovava in cella da quasi settantadue ore. Di quando in quando gemeva appena; a un certo momento disse: "Non è un inferno?"

L'intossicato misura il tempo con la droga. Quando viene privato della droga, l'orologio si scarica e si ferma. Egli non può fare altro che rassegnarsi e aspettare che ricominci a scorrere il tempo senza droga. L'intossicato in preda al malessere della mancanza di droga. non ha scampo dal tempo esteriore, non ha luogo in cui rifugiarsi. Può soltanto aspettare.

Cole stava parlando di Yokohama. "Tutta quella buona eroina e morfina. Quando ti inietti eroina e morfina puoi fiutarle mentre penetrano."

McCarthy, sul pavimento, si lasciò sfuggire un gemito cavernoso. "Amico," disse, " non parlare di quella roba."

La mattina dopo ci portarono al riconoscimento. Ci precedeva nella fila un giovincello epilettico, e i poliziotti si burlarono a lungo del povero minorato.

“Da quanto tempo sei a Nuova Orleans?”

“Da trentacinque giorni.”

“E cosa hai fatto in tutto questo periodo?”

“Sono stato in prigione per trentatré giorni.”

La cosa sembrava loro divertente e insistettero per altri cinque minuti circa.

Quando venne il nostro turno, il poliziotto che dirigeva l'interrogatorio lesse i capi d'accusa.

“Quante volte sei stato qui?” domandarono a Pat.

Uno dei poliziotti rise e disse: “Una quarantina di volte”.

Domandarono a ognuno di noi quante volte era stato arrestato e quante condanne aveva scontato. Quando venne la mia volta mi domandarono quanto tempo avessi passato in carcere per la faccenda della ricetta. Risposi: “Neanche un giorno. Ebbi la condizionale”.

“Bene,” disse il poliziotto che dirigeva l'interrogatorio. “Ti condanneranno anche qui con la condizionale.”

Tutto a un tratto vi fu un gran sbavare e udimmo urli tremendi giù dalla pedana, e per un momento credetti che i poliziotti stessero lavorando l'epilettico. Ma quando scesi dalla pedana vidi che il ragazzo si stava dibattendo sul pavimento in preda a un accesso, mentre due agenti si davano da fare intorno a lui cercando di parlargli. Qualcuno andò a chiamare un medico.

Ci chiusero in cella. Un grassone che, a quanto pareva, conosceva Pat, si avvicinò alla porta. “Quel ragazzo è uno psicopatico,” disse. “Ora sta dicendo: ‘Portatemi dal mio capitano’. Uno psicopatico. Ho mandato a chiamare il medico.”

Dopo due ore circa ci riportarono al posto di polizia, dove aspettammo alcune altre ore. Verso mezzogiorno il tipo con la pipa e un altro tizio vennero al posto di polizia e ci condussero in branco al Federal Building. Il nuovo era giovane e grassoccio. Masticava un sigaro. Cole, McCarthy, io e due negri stavamo ammonticchiati sul sedile posteriore. Il tipo con il sigaro guidava; si tolse il sigaro di bocca e si voltò verso di me.

"Qual è la sua occupazione, signor Lee?" domandò compito, nel tono di un uomo colto.

"Agricoltura," risposi.

L'uomo con la pipa rise.

"Granturco con 'erba' tra i solchi, eh?" disse.

L'uomo con il sigaro crollò il capo. "No," disse, "non cresce bene nel granturco. Deve venir su per conto suo." Si voltò verso McCarthy, parlando al di sopra della spalla. "La manderò al penitenziario di Angola."

"Perché, signor Morton?" domandò McCarthy.

"Perché è un dannato tossicomane."

"Io? No, signor Morton."

"E quei segni di punture, allora?"

"Ho la sifilide, signor Morton."

"Tutti i drogati hanno la sifilide," disse Morton. La sua voce era fredda, condiscendente, divertita.

L'uomo con la pipa stava tentando inutilmente di prendere in giro uno dei negri. Il negro era soprannominato "Presa" a causa di una mano deforme.

"La vecchia scimmia[1] ti si sta arrampicando sulla schiena?" domandò l'uomo con la pipa.

[1] *A monkey on the back* è il vizio degli stupefacenti, nel gergo della malavita di Chicago (N.d.T.).

"Io non so proprio di che cosa stia parlando," disse Presa. Era un'asserzione recisa e basta, senza insolenza. Presa non aveva il vizio della droga, e lo stava dicendo.

Parcheggiarono la macchina davanti al Federal Building e ci portarono al quarto piano. Lassù aspettammo in un'anticamera e fummo chiamati nell'ufficio interno a uno a uno per l'interrogatorio. Quando venne il mio turno entrai, e l'uomo con il sigaro stava seduto a un tavolo. Mi invitò con un cenno a mettermi a sedere.

"Sono il signor Morton," disse, "un agente federale della squadra narcotici. Vuole fare una dichiarazione? Come ben sa, la Costituzione le riconosce il diritto di rifiutare. Naturalmente occorre più tempo per l'accusa, nell'eventualità che lei non faccia una dichiarazione."

Dissi ch'ero disposto a farla.

L'uomo con la pipa era presente.

"Bill non si sente troppo bene, oggi," disse. "Forse una piccola puntura di eroina gli gioverebbe."

"Può darsi," dissi io. Incominciò a rivolgermi domande, alcune delle quali così inutili che stentavo a credere alle mie orecchie. Ovviamente, non possedeva affatto l'intuito del poliziotto. Non riusciva a capire quel che aveva importanza e quel che non ne aveva.

"Quali sono i suoi contatti nel Texas?"

"Non ne ho." Questo era vero.

"Vuole vedere sua moglie in carcere?"

Mi asciugai il sudore dal viso con un fazzoletto. "No," risposi.

"Be', ci verrà lo stesso. Si serve di questa benzedrina. È peggio della droga. Lei e sua moglie sono legalmente sposati?"

"Semplice unione."

"Le ho domandato se lei e sua moglie sono legalmente sposati."

"No."

"Ha studiato psichiatria?"

"Cosa?"

"Domando, ha studiato psichiatria?"

Aveva letto lo scritto di un mio amico psichiatra. In effetti aveva preso tutte le mie vecchie lettere, dopo aver perquisito la casa.

"No. Non ho studiato psichiatria. È solo un *hobby*, si potrebbe dire."

"Ha alcuni *hobbies* singolari."

Morton si appoggiò alla spalliera della sedia e sbadigliò.

L'uomo con la pipa chiuse improvvisamente la mano a pugno e si batté il petto. "Io sono un poliziotto, chiaro?" disse. "Ovunque vada, frequento poliziotti. Lei lavora nei narcotici. È logico che conosca gli altri, nel suo ramo d'affari. Mica abbiamo a che fare con persone come lei una volta al mese; è cosa di tutti i giorni. Lei non era solo in questa faccenda. Ha contatti a New York, nel Texas, e qui a Nuova Orleans; e adesso c'era un affare in corso, qualcosa che stava per concretarsi."

"Penso che questo agricoltore dovrà continuare le sue colture ad Angola, se non è disposto a darci informazioni," disse Morton.

"Che cosa ci dice della banda che rubava automobili?" domandò l'uomo con la pipa voltandomi le spalle e attraversando la stanza.

"Quale banda?" domandai io, sinceramente stupito. Solo qualche tempo dopo ricordai una lettera di cinque anni prima che alludeva a macchine rubate. Lui continuò e continuò senza fine. Si asciugava la fronte e andava e veniva a gran passi nella stanza. Infine Morton lo interruppe.

"Se non erro, signor Lee," disse, "lei è disposto a riconoscersi colpevole, ma non vuole implicare nessun altro. Non è così?"

"Esatto," dissi.

Spostò il sigaro all'altro angolo della bocca. "Bene," disse, "è tutto, per il momento. Quanti altri ce ne sono, là fuori?" gridò.

Un poliziotto fece capolino nella stanza. "Un cinque."

Morton ebbe un gesto di esasperazione. "Non c'è tempo. All'una devo trovarmi in tribunale. Falli entrare tutti insieme."

Gli altri entrarono e rimasero in piedi davanti al tavolo. Morton sfogliò un fascio di documenti. Fissò McCarthy, poi si rivolse a un giovane agente con i capelli tagliati a spazzola.

"Hai qualche imputazione contro di lui?" domandò.

L'agente crollò il capo e sorrise. Alzò un piede. "Lo vedi questo piede?" domandò a McCarthy. "Te lo affonderò nella gola."

"Io non scherzo con la droga, signor Morton," disse McCarthy. "Non voglio andare al penitenziario."

"Che cosa facevi all'angolo della strada con quegli altri drogati?"

"Mi limitavo a passare di lì. Facevo propaganda per la Regal[1], signor Morton. Mi dedico a questo lavoro ogni volta che posso. Guardi qui." Tolse dal portafogli alcuni documenti e cartoncini e li fece passare come un illusionista che si appresti a esibirsi in un gioco di prestigio con le carte. Nessuno li guardò. "Faccio il cameriere, ed ecco qui la tessera del sindacato. Posso andare al Roosevelt per la fine di settimana; c'è una convenzione che si svolge laggiù. È un lavoro redditizio, se voi mi lasciate andare."

Si avvicinò a Morton e tese la mano. "Mi dia un nichelino, signor Morton, per prendere l'autobus."

Morton gli schiaffò in mano una moneta.

"Porta fuori di qui il tuo sedere piglia-negri," disse.

"Ti beccheremo la prossima volta," gridarono in coro i rappresentanti della legge, ma McCarthy era già fuori della porta.

Il giovane agente con i capelli a spazzola rise: "Scommetto che ha infilato di corsa le scale".

Morton stava mettendo insieme le sue carte e infilandole in una borsa. "Mi dispiace," disse, "ma non posso far rilasciare altre dichiarazioni, adesso. Devo andare in tribunale. Se mi sarà possibile, vi farò rilasciare le dichiarazioni nel pomeriggio."

"Ho fatto venire il furgone," disse il tipo con la pipa. "Li portiamo al terzo distretto e li mettiamo in ghiaccio."

Al terzo distretto Cole e io fummo messi da soli in

[1] **La birra Regal, di Nuova Orleans.**

una cella. Mi distesi sulla panca. Avevo una fitta acuta ai polmoni. Il malessere per l'astinenza dalla droga colpisce in vari modi la gente. Alcuni soffrono soprattutto di vomito e diarrea. Il tipo asmatico, dal torace stretto e incavato, va soggetto a violenti accessi di starnuti, gli lacrimano gli occhi, gli cola il naso, e in certi casi è affetto da spasmi bronchiali che impediscono la respirazione. Nel caso mio la peggior cosa è l'abbassarsi della pressione del sangue, con conseguente perdita di orina e un'estrema debolezza, come negli stati di choc. Si prova la sensazione che l'energia vitale sia stata preclusa, per cui tutte le cellule dell'organismo stanno soffocando. Mentre giacevo sulla panca mi parve di tramutarmi in un mucchio d'ossa.

Rimanemmo al terzo distretto per tre ore circa e poi i poliziotti ci caricarono sul furgone e ci condussero alla Parish Prison, senza ch'io riuscissi a capire perché. L'uomo con la pipa venne al Parish Prison e ci portò al Federal Building.

Un uomo di mezza età, dalla faccia inespressiva, mi disse di essere il direttore dell'ufficio di Nuova Orleans. Volevo fare una dichiarazione?

"Sì," risposi. "Lei la scriva e io la firmerò."

A dire il vero non era che avesse una faccia spenta o inespressiva. La faccia non esisteva, né più né meno. La sola cosa ch'io ricordi di quel viso è un paio d'occhiali. L'uomo chiamò una stenografa e si accinse a dettare una dichiarazione. Si rivolse al tipo con la pipa, che sedeva lì, su una scrivania, e gli domandò se volesse mettere nella dichiarazione qualcosa di particolare.

L'uomo con la pipa disse: "Be', no, non c'è altro".

Il capo burocrate parve aver pensato a qualcosa. "Aspetti un momento," disse. Condusse l'uomo con la pipa in un altro ufficio. Tornarono pochi minuti dopo e il burocrate dettò la dichiarazione. Nella dichiarazione io riconoscevo di essere stato in possesso della marijuana e dell'eroina trovate in casa mia.

Domandò come mi fossi procurato l'eroina.

Dissi ch'ero andato all'angolo tra Exchange e Canal e mi ero messo in contatto con uno spacciatore per la strada.

"E poi che cosa ha fatto?" domandò.

"Sono tornato a casa in macchina."

"Con la sua macchina?"

Capii a che cosa mirava, ma non ebbi la forza di dire: "Ho cambiato idea. Non voglio fare alcuna dichiarazione". Del resto temevo di dover passare un'altra giornata al posto di polizia, in preda al malessere. E così risposi: "Sì".

Infine firmai una dichiarazione a parte, nel senso ch'era mia intenzione riconoscermi colpevole, al tribunale federale, dei reati imputatimi. Fui riportato al secondo distretto; gli agenti mi assicurarono che l'indomani mattina, per prima cosa, sarei stato accusato formalmente.

Cole disse: "Tra cinque giorni si sentirà meglio. Solo il tempo, o una puntura, elimineranno il rancore".

Questo lo sapevo, si capisce. Nessuno sopporta inerte il malessere della mancanza di droga a meno che non si trovi in carcere o sia comunque nell'impossibilità di procurarsi stupefacenti. Il motivo per cui è praticamente impossibile liberarsi del vizio e curarsi sta nel fatto che il malessere dura da cinque a otto giorni. Dodici ore si supererebbero con facilità, ventiquattr'ore sarebbero sopportabili, ma un periodo che va da cinque a otto giorni è troppo lungo.

Giacqui sulla stretta panca di legno voltandomi da una parte e dall'altra. Il mio corpo ero come scorticato, guizzante, tumefatto, le carni raggelate dalla droga in preda ad un disgelo straziante. Mi voltai bocconi e una gamba mi scivolò dalla panca. Mi spostai in avanti e l'orlo arrotondato della panca, levigato dall'attrito delle stoffe, mi strisciò sull'inguine. Vi fu un improvviso afflusso di sangue agli organi genitali, allo scivoloso contatto. Mi esplosero scintille dietro gli occhi, mi si contorsero le gambe: l'orgasmo di un impiccato quando il collo si spezza.

Il secondino aprì la porta della cella. "Il suo avvocato vuole parlarle, Lee."

L'avvocato mi fissò per qualche tempo prima di presentarsi. Era stato raccomandato a mia moglie e io non l'avevo mai visto. Il secondino ci condusse in una grande stanza, sopra l'ala delle celle; vi si trovavano delle panche.

"Vedo che non se la sente troppo di parlare," prese a dire l'avvocato. "Scenderemo ai particolari più tardi. Ha firmato qualcosa?"

Gli dissi della dichiarazione.

"Quella era per sequestrare la sua macchina," disse lui. "L'accusa è di competenza dello stato. Un'ora fa ho parlato al telefono con il procuratore distrettuale federale e gli ho domandato se si sarebbe occupato lui del caso. Ha risposto: 'Assolutamente no. C'è di mezzo un arresto illegale e questo ufficio non intende agire in nessun caso'. Credo di poterla portare all'ospedale per una puntura," soggiunse dopo un breve silenzio. "L'ispettore di turno in questo momento è un mio buon amico. Scendo a parlargli."

Il secondino mi riportò in cella. Pochi minuti dopo riaprì la porta e disse: "Lee, vuole andare all'ospedale?"

Due poliziotti mi condussero all'ospedale della Carità sul furgone. L'infermiera dell'accettazione volle sapere che cosa avessi.

"È un caso urgente," disse uno dei poliziotti. "È caduto da una finestra."

Il poliziotto si allontanò e tornò con un giovane medico tarchiato, dai capelli rossicci e dagli occhiali cerchiati d'oro. Il medico mi fece qualche domanda e mi esaminò le braccia. Un altro medico dal lungo naso e dalle braccia pelose si avvicinò per dire la sua.

"In fin dei conti, dottore," disse al collega, "c'è la questione morale. Quest'uomo avrebbe dovuto pensare alle conseguenze prima di incominciare a usare narcotici."

"Già, c'è la questione morale, ma c'è anche una questione fisica. Quest'uomo soffre." L'altro medico si rivolse a un'infermiera e ordinò mezzo grano di morfina.

Mentre il furgone sobbalzava durante il tragitto di ritorno al posto di polizia, sentii la morfina diffondersi in ogni mia cellula. Lo stomaco mi si mosse e rumoreggiò. Una puntura, quando il malessere è forte, mette sempre in movimento lo stomaco. La normale energia tornò in tutti i miei muscoli. Ero affamato e avevo sonno.

Verso le undici della mattina dopo giunse il mio garante per farmi firmare i documenti necessari. Aveva l'aspetto imbalsamato di tutti i garanti, come se gli avessero iniettato paraffina sotto la pelle. Il mio avvocato, Tige, si presentò a mezzogiorno per farmi uscire; aveva predisposto ogni cosa affinché mi recassi direttamente in una clinica a fare la cura. Mi disse che la cura era necessaria dal punto di vista legale. Ci recammo alla clinica su una macchina della polizia, accompagnati da due agenti. Tutto ciò faceva parte del piano dell'avvocato, e gli agenti vi erano previsti come possibili testimoni.

Quando ci fermammo davanti alla clinica, l'avvocato si tolse di tasca alcune banconote e si voltò verso uno dei poliziotti. "Li punti su quel cavallo per me, le dispiace?" disse.

Gli occhi da ranocchia del piedipiatti parvero schizzar fuori dalle orbite per l'indignazione. Egli non accennò affatto a prendere il denaro. "Non punterò niente su nessun cavallo," disse.

L'avvocato rise e gettò il denaro sul sedile della macchina. "Li punterà Mac," disse.

Questa apparente mancanza di tatto nel corrompere i poliziotti alla mia presenza era voluta. In seguito, allorché gli domandarono che cosa gli fosse saltato in mente, l'avvocato rispose: "Be' quel ragazzo soffriva troppo per potersi accorgere di qualsiasi cosa". Così, se i due poliziotti fossero stati chiamati a testimoniare, avrebbero detto ch'io sembravo assai mal ridotto. Tutto questo perché l'avvocato voleva testimoni i quali dichiarassero ch'io ero malconcio al momento di firmare la dichiarazione.

Un infermiere mi spogliò e io mi distesi sul letto, aspettando la puntura. Mia moglie venne a trovarmi e mi disse che la direzione della clinica non sapeva niente di droga o di drogati.

"Quando ho detto loro che stavi male, hanno risposto: 'Che cos'ha?' Ho detto ch'eri malato e che ti occorreva un'iniezione di morfina, e loro hanno esclamato: 'Oh, credevamo che si trattasse semplicemente di un fumatore di marijuana'."

"Un fumatore di marijuana!" esclamai. "Che diavolo di storia è questa? Accerta subito che cosa si propongono di somministrarmi," le dissi. "Mi occorre una terapia di desensibilizzazione. Se non intendono praticarmela, fammi uscire subito di qui."

Ella tornò di lì a poco e mi disse che finalmente era riuscita a parlare al telefono con un medico il quale sembrava sapere come stessero le cose. Era il medico dell'avvocato e non aveva alcun rapporto con la clinica.

"È parso stupito quando gli ho detto che non ti avevano somministrato niente. Ha risposto che avrebbe telefonato subito alla clinica, facendo in modo che si occupassero di te."

Pochi minuti dopo entrò un'infermiera con la siringa ipodermica. Si trattava di demerolo. Il demerolo può essere di qualche giovamento, ma non è neppur lontanamente efficace quanto la codeina nell'eliminare il malessere per mancanza di droga. Quella sera venne un medico a visitarmi; avevo il sangue denso, con un alto tasso di concentrazione a causa della perdita di liquidi organici. In quelle quarantott'ore senza droga ero dimagrito di quattro chili e mezzo. Il medico ci impiegò venti minuti a riempire di sangue una provetta per l'esame; il sangue denso seguitava a raggrumarsi nell'ago.

Alle nove di sera mi praticarono un'altra puntura di demerolo. Questa iniezione non ebbe alcun effetto. Il terzo giorno e la terza notte del malessere sono generalmente i peggiori. Dopo il terzo giorno il malessere incomincia a diminuire. Sentivo un gelido senso di bruciore sull'intera superficie del corpo, come se la pelle fosse stata un compatto alveare. Sembrava che innumerevoli formiche stessero strisciando qua e là sotto l'epidermide.

È possibile pervenire a un distacco tra se stessi e quasi tutte le sofferenze - il mal di denti e le affezioni degli occhi e degli organi genitali presentano particolari difficoltà - per cui il dolore può essere sperimentato come un'eccitazione neutra. Sembra però che non vi sia alcun modo di sottrarsi al malessere per la mancanza di droga. Il malessere è l'opposto dell'euforia da droga. L'eccitazione della droga consiste nel fatto che non puoi fare a meno di provarla. I tossicomani sono dominati dalla durata dell'azione della droga e dal metabolismo della droga. Vanno soggetti a un vero e proprio clima da stupefacenti. La droga li riscalda e li raggela. L'eccitazione della droga sta nel vivere in condizioni da essa determinate. Non ci si può sottrarre al malessere per la mancanza di droga, così come non è possibile sottrarsi all'euforia della droga dopo una puntura.

Ero troppo debole per poter scendere dal letto. E

non riuscivo a giacere immobile. Durante il malessere tutte le concepibili linee d'azione o di inazione sembrano intollerabili. Un individuo potrebbe morire per il semplice fatto che non sopporta di rimanere entro il proprio corpo.

Alle sei del mattino mi fecero un'altra puntura che parve produrre qualche effetto. Come venni a sapere in seguito, questa iniezione non era stata di demerolo. Riuscii persino a mangiare un crostino abbrustolito e a bere un po' di caffè. Quando mia moglie venne a trovarmi più tardi, quel giorno, mi disse che nel mio caso stavano sperimentando una nuova cura. La cura era cominciata con la puntura mattutina.

« Ho notato una differenza. Credevo che quell'iniezione fosse stata di morfina. »

« Ho parlato al telefono con il dottor Moore. Mi ha detto che si tratta del medicinale miracoloso al quale avevano sempre mirato per curare le tossicomanie. Elimina i sintomi dell'astinenza senza dar luogo a una nuova abitudine. Non è affatto un narcotico; è un antistaminico. Theoforina, mi pare che abbia detto. »

« Allora risulterebbe che i sintomi dell'astinenza sono una reazione allergica. »

« Così dice il dottor Moore. »

A raccomandare questa terapia era stato il medico del mio legale. Non era alle dipendenze della clinica e non si trattava di uno psichiatra. Due giorni dopo potevo già consumare un pasto completo. L'effetto delle punture di antistaminico durava da tre a cinque ore, poi il malessere ricominciava. Le iniezioni davano la stessa euforia della droga.

Quando fui in piedi e incominciai a camminare, venne uno psichiatra a esaminarmi. Era molto alto. Aveva lunghe gambe e un corpo pesante foggiato a pera, con l'estremità più stretta in alto. Sorrideva, parlando, e aveva una voce lamentosa. Non si trattava di un effeminato; soltanto, non possedeva alcuna di quelle caratteristiche che fanno di un uomo un uomo. Era il dottor Fredericks, primario del reparto psichiatria nella clinica.

Mi fece le domande che pongono tutti. "Perché sente di aver bisogno dei narcotici, signor Lee?"

Quando odi questa domanda puoi star certo che l'uomo il quale te la pone non capisce nulla in fatto di droga.

"Ne ho bisogno per alzarmi dal letto al mattino, per radermi e fare colazione."

"Intendevo dire psichicamente."

Alzai le spalle. Tanto valeva che gli fornissi la diagnosi, così se ne sarebbe andato. "Procura euforia."

La droga non è "euforia". L'importanza della droga per il tossicomane sta nel fatto che essa dà assuefazione. Nessuno sa che cosa sia la droga finché non prova il malessere.

Il dottore annuì. "Personalità psicopatica." Si alzò. A un tratto contorse la faccia in un sorriso che voleva ovviamente essere comprensivo e dissipare la mia reticenza. Il sorriso si protrasse e si concluse con una sbirciatina furbesca da folle. Il medico si protese in avanti e mi accostò alla faccia quel sorriso.

"La sua vita sessuale è soddisfacente?" domandò. "Lei e sua moglie hanno rapporti soddisfacenti?"

"Oh, sì," risposi, "quando sto lontano dalla droga."

Si raddrizzò. La mia risposta non gli piacque affatto. "Bene. Ci rivedremo." Arrossì e si precipitò goffamente verso la porta. Lo avevo giudicato un impostore non appena era entrato nella stanza - appariva ovvio ch'egli inscenava una *routine* di sicurezza spavalda per se stesso e per gli altri - ma mi ero aspettato un mascheramento meno superficiale e più resistente.

Il medico disse a mia moglie che la prognosi era pessima. Il mio atteggiamento nei confronti della droga era: "E con ciò?" Ci si poteva aspettare una ricaduta perché le determinanti psichiche della condizione in cui mi trovavo continuavano ad agire. Egli non poteva giovarmi in alcun modo, a meno che non avessi accettato di collaborare. Se avessi collaborato, a quanto pareva era pronto a demolire la mia psiche e a rimontarla in otto giorni.

Gli altri pazienti erano un branco assai neutro e miserando. Nella clinica non si trovava nessun altro tossicomane. L'unico paziente del mio reparto che se ne intendesse era un ubriaco ricoverato con la mascella fratturata e altre lesioni al viso. Mi disse che tutti gli ospedali pubblici lo avevano respinto. All'ospedale della Carità gli avevano detto: "Fuori di qui. Sta sporcando di sangue tutto il pavimento". Così aveva deciso di farsi ricoverare in questa clinica dove era già stato altre volte e dove sapevano ch'era solvibile.

Gli altri erano un branco di individui finiti e disorientati. Quel tipo di individui che piace agli psichiatri.

Il tipo di individui sui quali il dottor Fredericks poteva far colpo. C'era un ometto magro, pallido, con una carnagione esangue, quasi trasparente. Aveva l'aria di una lucertola fredda e indebolita. Questo tizio si lamentava di disturbi nervosi e passava gran parte della giornata aggirandosi avanti e indietro per i corridoi e dicendo: "Signore, Signore, non mi sento neppure un essere umano". Non possedeva la concentrazione di energia necessaria per tenersi insieme, e il suo organismo era sempre sul punto di disintegrarsi nelle parti componenti.

Quasi tutti i pazienti erano anziani. Ti fissavano con l'aria interdetta, risentita, stupida d'una vacca moribonda. Alcuni di essi non uscivano mai dalle loro stanze. Un giovane schizofrenico aveva entrambe le mani legate sul petto con una benda per evitare che infastidisse gli altri pazienti. Un posto deprimente e gente ancor più deprimente.

Ogni volta sentivo sempre meno gli effetti delle punture, e dopo otto giorni incominciai a saltarne alcune. Quando furono trascorse ventiquattr'ore dall'ultima iniezione, decisi ch'era tempo di andarmene.

Mia moglie venne a parlare con il dottor Fredericks e lo incontrò nel corridoio davanti al suo studio. Egli disse che sarei dovuto rimanere ancora quattro o cinque giorni. "Non lo sa ancora," disse, "ma d'ora in avanti le iniezioni verranno sospese."

"Ha già evitato da ventiquattr'ore di farsele praticare," gli disse mia moglie.

Il dottore si imporporò in viso. Quando riuscì a parlare disse: "In ogni modo potrebbe presentare sintomi di desensibilizzazione".

"Non è probabile dopo dieci giorni, le pare?"

"Potrebbe essere," disse il medico, e si allontanò prima che mia moglie avesse avuto il tempo di aggiungere qualcos'altro.

"Vada all'inferno," le dissi io. "La sua testimonianza non ci occorre. Tige vuole citare il suo medico come teste delle mie condizioni. Non si può prevedere quel che direbbe l'idiota sul banco dei testimoni."

Il dottor Fredericks fu costretto a firmare il modulo e a dimettermi dalla clinica. Rimase nel suo studio e un'infermiera gli portò il modulo per la firma. Naturalmente vi scrisse: "Contro il parere medico".

XI

Erano le cinque del pomeriggio quando uscimmo dalla clinica e ci recammo con un tassì in Canal Street. Entrai in un bar, bevvi quattro whisky con selz e mi presi una bella sbornia. Ero guarito.

Attraversando la veranda di casa mia e aprendo la porta provai la sensazione di tornare dopo una lunga assenza. Mi riportava indietro nel tempo, al momento in cui, un anno prima, mi ero praticato quella prima iniezione occasionale con Pat.

Una volta completata la cura, in genere ci si sente bene per qualche giorno. Puoi bere, senti un autentico appetito, apprezzi il cibo e ti torna il desiderio sessuale. Tutto sembra diverso, più nitido. Poi ti affloscì di nuovo. È uno sforzo vestirsi, alzarsi da una sedia, prendere tra le dita una forchetta. Non vuoi far niente e non hai voglia di andare in nessun posto. Non desideri neppure la droga. La brama di droga è scomparsa, ma non rimane nient'altro. Devi superare questo periodo standotene tranquillo. Oppure lavorando. I lavori nei campi sono la terapia più efficace.

Pat si fece vivo non appena seppe ch'ero fuori. Non volevo fumare marijuana? Una sigaretta non mi avrebbe fatto alcun male. Poteva ottenere un prezzo vantaggioso per dieci sigarette o più. Gli risposi con un no. Non occorre forza di volontà per dire no alla droga quando te ne sei liberato. Non vuoi saperne.

Del resto ero stato perseguitato dallo stato, e le condanne statali per uso di stupefacenti si sommano come ogni altro reato grave. Due condanne possono costarti sette anni di carcere, oppure puoi essere condannato dallo stato per un reato e dalle autorità federali per un altro e allora, quando esci dalla prigione statale, gli sbirri federali ti aspettano alla porta. Se invece sconti prima la condanna federale, lo stato è lì ad aspettarti alla porta del carcere federale.

Sapevo che gli uomini della legge erano impazienti di beccarmi una seconda volta, in quanto avevano compreso la faccenda intervenendo come autorità federali e perquisendo la casa senza un mandato. Io ero libero di dare una mia versione di quanto era accaduto poiché non esisteva alcuna dichiarazione con la mia firma che mi compromettesse. Lo stato non poteva avvalersi della dichiarazione firmata per le autorità federali senza rivelare il mio patto con quell'artista del *fairplay*, il capitano ciccione. Ma se fossero riusciti a inchiodarmi con una nuova accusa, il gioco era fatto.

Di solito l'intossicato si precipita in cerca di un contatto non appena esce da una qualsiasi casa di cura o di correzione. Gli uomini della legge si aspettavano ch'io facessi proprio questo e certo avrebbero sorvegliato Pat. Dissi a Pat, pertanto, che mi sarei astenuto dalla droga fino a quando il caso non fosse stato chiuso. Lui si fece prestare due dollari e se ne andò.

Pochi giorni dopo stavo bevendo nei bar nei pressi di Canal Street. Quando un tossicomane che ha rinunciato agli stupefacenti si ubriaca fino a un certo punto, i suoi pensieri tornano alla droga. Entrai nella toletta di un bar, ed ecco un portafogli sulla scatola della carta igienica. Si prova una sensazione di sogno quando si trova denaro. Aprii il portafogli e ne tolsi una banconota da venti dollari, una da dieci e una da cinque. Decisi di servirmi di qualche altra toletta in qualche altro bar e uscii lasciando un bicchiere pieno di Martini.

Salii alla stanza di Pat.

Pat aprì la porta e disse: "Salute, compare, sono lieto di vederti".

Seduto sul letto c'era un altro uomo che voltò il viso verso la porta quando entrai. "Salute, Bill," disse.

Dovetti fissarlo per tre lunghi secondi prima di riconoscere Dupré. Sembrava invecchiato e ringiovanito al contempo. Non aveva più quello sguardo spento negli occhi ed era dimagrito d'una decina di chili. La faccia gli guizzava a intervalli come materia morta che tornasse viva, ancor sussultante e meccanica. Quando si imbottiva di droga, Dupré sembrava anonimo e morto, per cui non si riusciva a distinguerlo nella folla, né a riconoscerlo da lontano. Ora l'immagine di lui era limpida e netta. Se tu avessi percorso in fretta una via affollata e incontrato Dupré, la sua faccia ti si sarebbe impressa a forza nella memoria... come in quel trucco con le carte, quando il prestigiatore le apre rapidamente a ventaglio dicendo: "Prenda una carta, una carta qualsiasi" e ti mette in mano una carta ben determinata.

Quando riusciva a procurarsi droga in abbondanza, Dupré era taciturno. Ora cicalava a più non posso. Mi disse come in ultimo avesse finito con lo scivolare a tal punto nel vizio da perdere il posto. Ora non aveva soldi per la droga. Non riusciva neppure a raggranellare il costo della tintura d'oppio canforata e delle capsule di nembutal per diminuire la dose. Continuò a cianciare e a cianciare.

"Una volta, prima della guerra, tutti i poliziotti mi conoscevano. Quante volte ho passato le settantadue ore al terzo distretto; allora era il primo distretto. Voi lo sapete com'è quando si incomincia a star lontani dalla droga. Si viene nei pantaloni. Ricordo una volta che ero dentro con Larry. Gli dissi: 'Larry, devi farlo per me'."

Pat si stava cercando una vena. Sporse le labbra in una smorfia di disapprovazione. "Voialtri parlate come degenerati."

"Che cosa c'è, Pat?" domandai. "Non riesci a trovarla?"

"No," disse. Spostò in basso la cravatta stringendola intorno al polso per iniettarsi la droga in una vena della mano.

Più tardi mi recai allo studio del mio legale per parlare del processo e domandargli se potevo lasciare lo stato e recarmi nella valle del Rio Grande, nel Texas, dove avevo una fattoria.

"Lei scotta come un fuoco d'artificio, in questa città," disse. "Il giudice le permette di allontanarsi dallo stato. Può quindi recarsi nel Texas quando vuole."

"Potrebbe darsi che intenda fare un viaggio nel Messico," dissi. "Non ci sarebbero difficoltà?"

"Purché torni qui al momento del processo. Non le viene imposta alcuna restrizione. Un mio cliente si è recato nel Venezuela. Per quanto ne so, si trova ancora laggiù. Non è più tornato."

Tige era un uomo piuttosto impenetrabile. Mi stava forse consigliando di non tornare? Quando sembrava dire cose sciocche o non pertinenti, seguiva il più delle volte un suo piano. E alcuni dei suoi piani si proiettavano molto avanti nell'avvenire. Non di rado egli incominciava ad attuarne uno, si rendeva conto che non avrebbe approdato a niente e lo abbandonava. Per essere un uomo intelligente aveva a volte idee incredibilmente stupide. Ad esempio, quando gli dissi che avevo studiato medicina a Vienna (per sei mesi), esclamò:

"Magnifico. E se dicessimo così, allora? Che lei, avendo studiato medicina, riteneva di potersi curare personalmente con le sue conoscenze mediche; e che perciò acquistò le droghe trovate in suo possesso".

Mi parve troppo grossa perché qualcuno potesse mandarla giù. "Non è una buona idea mostrarsi troppo colti. Ai giurati non garbano le persone che studiano in Europa."

"Be', non le sarebbe difficile allentarsi la cravatta

e parlare con uno spiccato accento meridionale."

Immaginai me stesso intento a farmi passare per un sempliciotto, con un falso accento meridionale; rinunciai subito al tentativo di farmi credere uno dei ragazzi di vent'anni prima. Gli dissi che questo genere di finzioni non faceva al caso mio, ed egli non tornò mai più sulla sua idea.

Quella del penalista è una delle poche professioni in cui il cliente acquista la fortuna di un altro. La fortuna della maggior parte delle persone è assolutamente non trasferibile. Ma un buon penalista può vendere tutta la sua fortuna al cliente, e quanta più fortuna vende, tanto più ha da venderne.

Partii da Nuova Orleans parecchi giorni dopo e mi recai nella valle del Rio Grande. Il Rio Grande sfocia nel Golfo del Messico a Brownsville. A novantasei chilometri da Brownsville, nell'entroterra, si trova la cittadina di Mission. La valle si estende da Brownsville a Mission, una striscia di territorio lunga novantasei chilometri e larga trentadue. La zona è irrigata dal Rio Grande; prima dell'irrigazione non vi crescevano altro che mesquite e cactus. Ora quella è una delle più pingui zone agricole degli Stati Uniti.

Tutte le peggiori caratteristiche dell'America si sono raccolte e concentrate nella valle. Nell'intero territorio non esiste un solo ristorante decente. La situazione vitto potrebbe essere tollerata soltanto da persone che non sentono il sapore di quel che mangiano. Nella valle i ristoranti non sono diretti da individui che si intendono di cucina e sanno procurarsi generi alimentari. Vengono aperti da qualcuno il quale decide che "la gente mangia sempre" e pertanto un ristorante è "un ottimo affare". Il locale di uno di costoro avrà sulla facciata grandi vetrine di cristallo, in modo che la gente possa guardar dentro, e infissi cromati. Il cibo sarà quello pessimo dei ristoranti americani. Ragion per cui il proprietario se ne sta nel suo locale e guarda i clienti con occhi interdetti e pieni di risentimento. L'idea di dirigere un ristorante non lo aveva mai entusiasmato, del resto. E ora non ci guadagna neppure.

Quando arrivai nella valle ero ancora in preda ai postumi della cura. Non avevo appetito né energie. Desideravo soltanto dormire, e dormivo da dodici a quattordici ore al giorno. Di quando in quando compravo due once di debole tintura d'oppio canforata, la mandavo giù insieme a due capsule di nembutal e mi sentivo normale per parecchie ore. Quando si compra tintura d'oppio è necessario firmare, e io non volevo precludermi le farmacie. Non è possibile acquistare tintura d'oppio più di un determinato numero di volte, altrimenti il farmacista mangia la foglia; allora ti oppone un rifiuto o aumenta il prezzo.

Ai primi di ottobre una lettera mi avvertì che il processo avrebbe avuto luogo di lì a quattro giorni. Telefonai a Tige ed egli disse: "Non ci badi. Otterrò un rinvio". Pochi giorni dopo ricevetti un'altra lettera nella quale l'avvocato diceva di aver ottenuto un rinvio di tre settimane; ma dubitava di poter far rinviare una seconda volta il processo.

Lo chiamai al telefono e gli annunciai che intendevo fare un viaggio nel Messico. "Benissimo," rispose lui.

"Si diverta più che può in queste tre settimane e torni qui per il processo."

Gli domandai quali probabilità vi fossero di un ulteriore rinvio.

Disse: "Francamente, nessuna. Non posso far niente con quel giudice. È afflitto da ulcere".

Decisi di fare i passi opportuni per rimanere nel Messico, quando vi fossi arrivato.

XII

Non appena giunto a Città del Messico mi misi in cerca di droga. O almeno tenni sempre un occhio aperto, cercandola. Come ho già detto, ho un'abilità tutta particolare nell'individuare i terrítori della droga. Sin dalla prima sera in città mi recai in via Dolores e vidi un gruppo di tossicomani cinesi in piedi davanti a un ristorante, l'Exquisito. Non è facile convincere i cinesi a venderti droga; essi sono disposti a concludere affari solo con i loro compatrioti. Mi resi conto, quindi, che sarebbe stata una perdita di tempo tentare di procurarmi droga presso quegli individui.

Un giorno, percorrendo la San Juan de Letran, passai davanti a un ristorante economico con piastrelle colorate nell'intonaco intorno all'ingresso; il pavimento era rivestito dalle stesse piastrelle. Quel locale era inequivocabilmente orientale. Mentre io passavo, qualcuno uscì dal ristorante; era un tipo quali se ne vedono soltanto ai margini di un territorio di droga.

Come il geologo in cerca di petrolio è guidato da certi affioramenti di roccia, così determinati indizi indicano la presenza della droga. Trovi spesso la droga nelle vicinanze di quartieri equivoci o di transito: la Quattordicesima Est vicino alla Terza, a New York; Podryas e St. Charles a Nuova Orleans; San Juan de Letran a Città del Messico. Negozi che vendono arti artificiali, fabbricanti di parrucche, di dentiere, piccole industrie di profumi, di pomate, di oli essenziali. Il punto di confine in cui le iniziative commerciali dubbie sfiorano il quartiere della malavita.

C'è un individuo tipico che si incontra di quando in quando in questi paraggi e che ha contatti nel giro della droga, benché non sia né un tossicomane né uno spacciatore. Ma quando lo vedi, la bacchetta del rabdomante guizza. La droga è vicina. Questo individuo viene dal vicino Oriente, probabilmente dall'Egitto. Ha un naso largo e diritto. Labbra sottili, di un azzurro violaceo. La pelle è tesa e liscia sulla faccia. Egli è fondamentalmente osceno, al di là di ogni immaginabile sozza attività o pratica. Ha il marchio di un certo mestiere o di una certa occupazione che non esistono più. Se la droga scomparisse dal mondo, rimarrebbero ancora intossicati in piedi nei paraggi di un quartiere della droga, a sentirne la mancanza in modo vago e persistente, un pallido spettro del malessere.

Quest'uomo, dunque, si aggira nei luoghi in cui esercitava un tempo il suo tramontato e impensabile mestiere. Ma è imperturbabile. Una cieca calma da insetto gli oscura gli occhi. Ha l'aria di essersi nutrito di miele e sciroppi levantini risucchiati attraverso una proboscide.

Qual è il suo mestiere perduto? Appartiene decisamente a una classe servile e ha qualcosa a che vedere con i morti, benché non sia un imbalsamatore. Forse immagazzina qualcosa nel proprio corpo - una sostanza per prolungare la vita - e viene periodicamente allattato con essa dai suoi maestri. È specializzato quanto un insetto per svolgere qualche funzione inconcepibilmente abbietta.

Il bar Chimu ha l'aspetto, veduto dall'esterno, di un qualsiasi saloon, ma non appena entri ti rendi conto di trovarti in un bar di invertiti.

Ordinai da bere al banco e mi guardai intorno. Tre finocchi messicani erano atteggiati davanti al juke-box. Uno di loro scivolò nella mia direzione, con i movimenti stilizzati del danzatore di un tempio e mi chiese una sigaretta. V'era un che di arcaico in quelle sue mosse stilizzate, la grazia di un animale depravato, al contempo bello e repellente. Me lo immaginavo intento a muoversi alla luce dei falò, vedevo i gesti ambigui svanire nell'oscurità. La sodomia è antica quanto il genere umano. Uno degli invertiti sedeva nel séparé accanto al jukebox, perfettamente immobile, con una stupida serenità animalesca.

Mi voltai per osservare meglio il giovinastro che si era avvicinato. Non era male. "*Por que triste?*" gli domandai. Non valeva molto come approccio, ma non mi trovavo lì per conversare.

Il giovincello sorrise scoprendo gengive molto rosse

e denti aguzzi assai distanziati. Alzò le spalle e bofonchiò qualcosa spiegandomi che non era triste o almeno che non lo era in modo particolare. Mi guardai intorno nella stanza.

"*Vámonos a otro lugar,*" dissi. "Andiamo in qualche altro posto."

Il ragazzo annuì. Ci incamminammo lungo la strada fino a un ristorante aperto tutta la notte, e prendemmo posto in un séparé. Il ragazzo mi lasciò cadere la mano sulla gamba, sotto il tavolo. Sentii lo stomaco contorcersi per l'eccitazione. Ingollai il caffè e aspettai impaziente mentre il giovincello finiva di scolare una birra e fumava una sigaretta.

Il ragazzo conosceva un albergo. Infilai cinque *pesos* attraverso una griglia. Un vecchio aprì con la chiave la porta d'una stanza e lasciò cadere una lacera salvietta sulla sedia. "*Llevas pistola?* Porti la rivoltella?" domandò il ragazzo. Aveva intravisto la mia pistola. Risposi affermativamente.

In seguito fumammo una sigaretta, e le nostre spalle si toccavano sotto le coperte. Il ragazzo disse che doveva andare. Ci rivestimmo entrambi. Mi domandai se si aspettasse soldi. Decisi per il no. Fuori, ci separammo a un angolo della strada, scambiandoci una stretta di mano.

Non v'è che uno spacciatore di droga a Città del Messico, una donna a nome Lupita. È nel mestiere da vent'anni. Lupita ha cominciato con un grammo di droga e ha creato un monopolio del traffico degli stupefacenti a Città del Messico. Pesa centrotrentacinque chili e di conseguenza cominciò a drogarsi per dimagrire, ma riuscì soltanto a rendere più affilato il proprio viso, per cui il risultato non è stato un miglioramento. Ogni mese o press'a poco assume un nuovo amante, lo rifornisce di camicie, di vestiti, di orologi da polso, e poi, quando ne ha avuto abbastanza, lo spedisce.

Lupita corrompe a destra e a manca per agire apertamente, come se il suo fosse un commercio di commestibili. Non deve preoccuparsi degli informatori perché ogni agente del distretto federale sa che Lupita spaccia droga. Tiene il necessario per le punture in vasi pieni d'alcool, così gli intossicati possono iniettarsi la droga nel locale e uscire puliti. Ogni volta che un piedipiatti ha bisogno degli spiccioli per una birra, va nel locale di Lupita e aspetta che qualcuno entri, nella speranza che abbia indosso narcotici. Per dieci *pesos* (un dollaro e venticinque) il poliziotto lo lascia andare. Per venti *pesos* gli restituisce la droga. Di tanto in tanto alcuni sconsigliati si mettono a spacciare droga di miglior qualità a un prezzo minore, ma non continuano a lungo. Lupita è sempre disposta a fare un'offerta: dieci dosi gratuite di droga a chiunque le riveli il nome di un altro spacciatore nella circoscrizione del distretto federale. Poi Lupita telefona a uno dei suoi amici della squadra narcotici e lo spacciatore è spacciato.

Lupita esercita per giunta il mestiere della ricettatrice. Se qualcuno fa un buon colpo, lei mette in moto i suoi informatori per sapere chi ci ha lavorato. I ladri le cedono la refurtiva al prezzo imposto da lei, altrimenti ella avverte la polizia. Lupita sa tutto quello che accade nei bassifondi della malavita di Città del Messico. Troneggia, distribuendo dosi di droga, come una dea azteca.

Lupita vende la droga in bustine. In teoria dovrebbe essere eroina. In realtà si tratta di pantopon adulterato con l'aggiunta di lattosio e di qualche altra sostanza che sembra sabbia e non si scioglie nel cucchiaio, con l'acqua calda.

Incominciai a procurarmi le bustine di Lupita per il tramite di Ike, un tossicomane dei bei tempi che avevo incontrato. Erano ormai tre mesi che stavo lontano dalla droga. Mi bastarono tre soli giorni per ricominciare.

Quando mia moglie vide che stavo riprendendo il vizio fece una cosa che non aveva mai fatto in passato. Stavo sciogliendo nell'acqua calda la dose per una puntura, due giorni dopo che mi ero messo in contatto con il vecchio Ike. Mia moglie afferrò il cucchiaio e gettò la droga sul pavimento; la schiaffeggiai due volte in pieno viso ed ella si lasciò cadere sul letto singhiozzando, poi si voltò e mi disse: "Non vuoi proprio resistere in nessun modo? Sai bene come diventi insopportabile quando hai il vizio; è come se tutte le luci si spegnessero. Oh, non importa, fa' come ti pare; immagino che ne avrai dell'altra nascosta in qualche posto, del resto".

Avevo infatti della droga nascosta.

Le bustine di Lupita costano quindici *pesos* l'una, circa due dollari; sono forti appena la metà di una capsula americana da due dollari. All'intossicato occorrono due bustine per arrivare all'euforia; dico per arrivarci appena. Per essere davvero saturo gliene occorrerebbero quattro. Ritenevo che il prezzo fosse vergognoso, tenuto conto del fatto che al Messico tutto costa meno, e mi aspettavo di poter combinare. Invece, eccomi lì a pagare più che negli Stati Uniti per una droga di qualità inferiore. Ike mi disse: "Deve far pagare molto perché corrompe la polizia".

Gli domandai allora: "E le ricette?"

Mi disse che i medici prescrivevano soltanto morfina in soluzione. Il massimo che fossero autorizzati a prescrivere con ciascuna ricetta era quindici centigrammi, vale a dire circa due grani e mezzo. Pensai che con tale sistema la droga sarebbe venuta a costare assai meno di quella di Lupita, e così incominciammo a rivolgerci ai medici. Ne trovammo parecchi disposti a rilasciare ricette per cinque *pesos,* mentre occorrevano altri cinque *pesos* per farle accettare.

I medici messicani non sono come quelli degli Stati Uniti; non assumono mai le arie del professionista serio e onesto. Il medico disposto a rilasciare ricette di stupefacenti le rilascia senza costringerti ad ascoltare storie. A Città del Messico vi sono tanti di quei medici che molti di loro stentano a tirare avanti; conosco ammazzagente che morirebbero di fame se non rilasciassero ricette a morfinomani.

Stavo mantenendo il vizio di Ike, oltre al mio, e occorreva parecchio denaro.

Domandai a Ike quali possibilità vi fossero di spacciare droga a Città del Messico. Rispose ch'era impossibile.

"Non andresti avanti per più d'una settimana. Certo, puoi trovare molti clienti disposti a pagare quindici *pesos* una puntura di buona morfina come quella che ci procuriamo con le ricette. Ma non appena si ritrovano in preda al malessere e senza soldi, corrono da Lupita e le spifferano tutto in cambio di poche bustine. Oppure, se è la polizia ad agguantarli, cantano subito. Certuni non hanno neppure bisogno di essere interrogati; dicono immediatamente: 'Mi lasci andare e io le faccio il nome di uno spacciatore di droga'. Così la polizia li manda a fare acquisti con banconote segnate ed è finita. Qui ti conciano per le feste. Ti appioppano otto anni per avere spacciato droga, e non esiste cauzione.

"A volte si rivolgono a me: 'Ike, sappiamo che ti procuri droga con le ricette. Eccoti cinquanta *pesos*. Fammi avere una ricetta'. Talora mi portano orologi di marca, o vestiti. Io dico a tutti che non sono più nel giro. Sicuro, potrei guadagnare duecento *pesos* al giorno, ma non durerei una settimana."

"Ma non potresti trovare magari cinque o sei clienti sicuri?"

"Conosco tutti quelli che sono nel giro, a Città del Messico. E non mi fiderei di uno solo di loro."

A tutta prima riuscimmo a fare accettare le ricette senza troppe difficoltà. Ma dopo alcune settimane si erano ammonticchiate nelle farmacie disposte ad accettarle e i farmacisti incominciarono a rifiutarci la morfina. Sembrava che saremmo dovuti tornare a Lupita; una o due volte rimanemmo a terra e dovemmo acquistare droga presso di lei. L'uso dell'ottima morfina delle farmacie aveva intensificato la nostra assuefazione, e occorrevano due delle cartine di Lupita da quindici *pesos* per rimetterci in sesto. Orbene, trenta *pesos* per puntura erano assai più di quanto io potessi permettermi. Dovevo smettere, ridurre la dose in modo da potermi accontentare di due bustine di Lupita al giorno, oppure trovare un'altra fonte di rifornimento.

Uno dei medici che ci rilasciavano ricette suggerì a Ike di chiedere un permesso governativo. Ike mi spiegò che il governo messicano rilasciava permessi ai tossicomani, fornendo loro una determinata quantità di morfina al mese, a prezzo di favore. Per cento *pesos* il medico avrebbe presentato la domanda a nome di Ike. Dissi: "Fa' pure e presenta la domanda" e gli diedi il denaro. Mi aspettavo che non approdasse a niente, e invece riuscì. Dieci giorni dopo aveva il permesso governativo di acquistare quindici grammi di morfina al mese; il permesso doveva essere controfirmato dal suo medico e dal direttore del comitato della sanità. Dopodiché egli lo avrebbe presentato a una farmacia facendosi consegnare la droga.

Il prezzo era di circa due dollari al grammo. Ricordo la prima volta che presentò il permesso. Un'intera scatola piena di cubetti di morfina. Come il sogno di un drogato. Prima di allora non avevo mai veduto tanta morfina tutta in una volta. Gli diedi il denaro e ci dividemmo la merce. Sette grammi al mese mi assicuravano circa tre grani al giorno, più di quanto avessi mai avuto negli Stati Uniti. Disponevo così di droga in abbondanza per trenta dollari al mese, mentre negli Stati Uniti lo stesso quantitativo di morfina mi sarebbe costato sui trecento dollari al mese.

Durante questo periodo non conobbi gli altri tossicomani di Città del Messico. Nella grande maggioranza essi si guadagnano il denaro per la droga rubando. Sono sempre sorvegliati dalla polizia e sono tutti informatori. Neppure a uno di essi si può consegnare tranquilli il prezzo di una bustina, e chi abbia rapporti con questi individui non può aspettarsi niente di buono.

Ike non rubava. Tirava avanti vendendo braccialetti e medaglie che sembravano d'argento; doveva tenersi alla larga dai suoi clienti perché quell'argento falso anneriva in poche ore. Una o due volte venne arrestato e accusato di truffa, ma io riuscii sempre a farlo liberare corrompendo la polizia. Gli dissi di trovarsi qualche mestiere onesto, e si mise a vendere crocifissi.

Negli Stati Uniti si era dato ai furti in grande stile e affermava di aver fatto anche cento dollari al giorno, a Chicago, con una valigia a molla nella quale ficcava biancheria. Il fianco della valigia si apriva a scatto; tutto il denaro dei suoi colpi egli lo spendeva in cocaina e morfina.

Ma nel Messico Ike non rubava. Diceva che anche i ladri più abili passano al fresco la maggior parte del tempo. Nel Messico i ladri recidivi possono essere mandati nella colonia penale di Tres Marias senza processo. Non vi sono ladri dall'aspetto rispettabile e signorile, che se la passano bene, come capita di vederne negli Stati Uniti. Vi sono i grossi furfanti con appoggi politici, e i vagabondi che passano in carcere la metà della loro vita. I furfanti in grande stile sono di solito capi della polizia o alti funzionari. Questa è la situazione nel Messico, e Ike e io non avevamo appoggi che ci consentissero di agire.

Un intossicato ch'io vedevo di quando in quando

era un tale del Yucatan, scuro di pelle, che Ike aveva soprannominato "il Bastardo Nero". Anche il Bastardo Nero esercitava il commercio dei crocifissi. Era, in effetti, religiosissimo, e ogni anno si recava in pellegrinaggio a Chalma, superando gli ultimi quattrocento metri in ginocchio sulle rocce, sostenuto da due persone. Dopodiché era a posto per un anno. Nostra Signora di Chalma è, a quanto pare, la santa protettrice dei tossicomani e dei ladruncoli, poiché tutti i clienti di Lupita fanno il pellegrinaggio una volta all'anno. Il Bastardo Nero affitta un cubicolo nella chiesa e spaccia cartine di droga vergognosamente adulterata con lattosio.

Io lo incontravo di tanto in tanto, e Ike non faceva che parlarmi di lui. Ike odiava il Bastardo Nero come solo un tossicomane può odiare un altro tossicomane. "Il Bastardo Nero ha esagerato con quella farmacia a furia di andarci dicendo che lo mandavo io. Ora il farmacista non vuole accettare altre ricette."

Così andavo alla deriva da un mese all'altro. Eravamo sempre un po' a corto di droga alla fine del mese e dovevamo farci rilasciare qualche ricetta. Io cadevo invariabilmente in preda a un senso di insicurezza allorché rimanevo senza droga, mentre mi sentivo piacevolmente tranquillo quando avevo quei sette grammi "schiaffati via" in qualche nascondiglio sicuro.

Una volta Ike si beccò quindici giorni nel carcere della città - Carmen, lo chiamano - per vagabondaggio. Io mi trovavo all'asciutto, non potei pagare la multa, e passarono tre giorni prima che mi riuscisse di andare a trovarlo. Il suo corpo si era come ritirato; tutte le ossa gli affioravano sul viso; gli occhi castani ardevano di sofferenza. Avevo in bocca un pezzo d'oppio rivestito di cellofane; lo sputai su una mezza arancia e la porsi a Ike. Venti minuti dopo era saturo di stupefacente.

Mi guardai intorno e notai che i drogati si erano isolati in un gruppo a sé, al pari degli invertiti che si mettevano in posa e squittivano in un angolo del cortile. I tossicomani erano raggruppati tutti insieme, conversavano e si scambiavano il gesto dell'intossicato.

Tutti gli intossicati, nel Messico, portano il cappello, se lo posseggono. Sono tutti uguali, come se indossassero un costume identico in qualche modo bizzarro che sfugge a una catalogazione precisa. La droga li ha segnati tutti con il suo marchio indelebile.

Ike mi disse che i prigionieri rubavano spesso i calzoni ai nuovi venuti. "Tanto è spregevole la gente che c'è qui dentro." Vidi infatti parecchi individui aggirarsi in mutande; il comandante fermava mogli e parenti che portavano droga ai prigionieri e faceva mollar loro tutto quello che avevano.

Colse una donna che portava al marito una bustina, ma ella aveva con sé soltanto cinque *pesos*. Le tolse allora il vestito, vendendolo per quindici *pesos*, e lei dovette tornarsene a casa avvolta in un sudicio lenzuolo.

Il carcere brulicava di informatori. Ike aveva paura di tenersi la droga che gli avevo portato, nella tema che gli altri prigionieri se ne impadronissero o lo denunciassero al comandante.

Io presi l'abitudine di restarmene in casa con tre o quattro punture al giorno. Tanto per fare qualcosa mi iscrissi all'università di Città del Messico. Gli studenti mi avevano l'aria di un branco miserando, tranne alcune eccezioni... ma d'altronde non badavo molto a loro.

Allorché si rievoca un anno di vizio, sembra che il tempo non sia neppure passato. Solo i periodi in cui ti prendeva il malessere fanno spicco. Ricordi le prime poche punture d'una nuova scivolata nel vizio e le punture che ti praticavi quando stavi male sul serio.

(Anche nel Messico viene sempre il giorno in cui tutto va storto. La farmacia è chiusa, oppure il tuo uomo non lavora; il medico è andato fuori città, a qualche *fiesta,* e tu non puoi procurarti droga.)

La droga cortocircuita il sesso. L'impulso alla socievolezza non sessuale scaturisce dalla stessa fonte degli impulsi sessuali, per cui quando sono assuefatto alle punture di eroina o di morfina non sono socievole. Se qualcuno vuole rivolgermi la parola, okay. Ma non desidero affatto fare conoscenza. Quando mi libero della scimmia attraverso il più delle volte un periodo di sfrenata socievolezza e parlo con chiunque sia disposto ad ascoltarmi.

La droga prende tutto e non dà nulla, tranne la garanzia contro il malessere. Di quando in quando aprivo gli occhi su quello che stavo facendo a me stesso e decidevo di sottopormi alla cura. Quando riesci a procurarti droga in abbondanza, liberarsi della scimmia sembra facile. Dici a te stesso: "Le punture non mi danno più alcuna euforia. Tanto vale che la smetta". Ma quando riduci la dose e precipiti nel malessere, la cosa si presenta sotto tutt'altro aspetto. Durante l'anno in cui mi diedi agli stupefacenti nel Messico, iniziai per ben cinque volte la cura. Tentai di ridurre le punture, provai la cura cinese, ma tutto fu inutile.

Dopo il fiasco della cura cinese preparai alcune cartine e le consegnai a mia moglie, dicendole di nasconderle e di razionarmele secondo un piano ben preordinato. Ike mi aiutò a preparare le cartine, ma non era un uomo preciso e il suo piano si basava su dosi eccessive all'inizio e terminava bruscamente, senza riduzioni. Così studiai un programma per conto mio. Per qualche tempo mi ci attenni, ma non me ne venne alcun reale giovamento. Mi procurai droga di nascosto da Ike e inventai pretesti per le punture che mi praticavo in più.

Sapevo di non voler continuare a prendere droga. Se mi fosse stato possibile prendere una risoluzione definitiva, avrei deciso: non più droga, mai e poi mai; ma quando si arrivava al processo della desensibilizzazione, mi mancava la forza. Mi sentivo pervadere da una sensazione terribile di impotenza vedendo me stesso violare tutti i programmi che avevo studiato, come se non fossi assolutamente capace di dominare le mie azioni.

XIII

Una mattina d'aprile mi destai in preda a un po' di malessere. Giacevo sul letto contemplando le ombre sul soffitto imbiancato a calce; ricordavo giorni lontani, quando stavo a letto accanto a mia madre, contemplando le luci della strada muoversi sul soffitto e giù per le pareti. Provavo una nostalgia acuta dei fischi dei treni, degli accordi di un pianoforte nella via di qualche città, delle foglie secche bruciate.

Un blando malessere per mancanza di droga mi riconduceva invariabilmente all'incanto della fanciullezza. "Non fallisce mai," mi dissi. "Proprio come una puntura. Mi domando se tutti gli intossicati si procurino droga per provare questa sensazione meravigliosa."

Andai nel bagno a farmi una puntura. Ci impiegai molto tempo prima di trovare una vena. L'ago si otturò due volte. Il sangue scorreva giù per il braccio. La droga si diffuse nel mio corpo: un'iniezione di morte. Il sogno si era dileguato. Abbassai gli occhi sul sangue che scorreva dal gomito al polso; sentii un'improvvisa pietà per quelle vene, per quei tessuti violati. Con tenerezza asciugai il sangue dal braccio.

"Voglio smettere," dissi a voce alta.

Preparai una soluzione d'oppio e dissi a Ike di stare lontano per qualche giorno. "Spero che tu ce la faccia, ragazzo," disse lui. "Spero che tu possa toglierti di dosso la scimmia. Possa cadere paralizzato se non sono sincero."

In quarantott'ore il trave di sostegno della morfina nel mio organismo era scomparso. La soluzione tenne a malapena lontano il malessere. La trangugiai tutta, insieme a due nembutal, e dormii per parecchie ore. Quando mi destai avevo gli abiti zuppi di sudore. Gli occhi mi lacrimavano e mi bruciavano. Sentivo un gran prurito e una irritazione in tutto il corpo. Mi dimenai nel letto, inarcando la schiena e stiracchiando le gambe e le braccia; alzai le ginocchia, con le mani intrecciate tra le cosce. Bastò la pressione delle mie mani a fare scattare il facilissimo orgasmo del malessere per mancanza di droga. Mi alzai e mi cambiai la biancheria intima.

C'era ancora un po' di soluzione d'oppio nella bottiglia. La bevvi, uscii e acquistai quattro tubetti di compresse di codeina. Mandai giù la codeina con del tè caldo e mi sentii meglio.

Ike mi disse: "Ci vai troppo in fretta. Lascia che ti prepari una soluzione". Lo udii canticchiare in cucina preparando l'intruglio: "Un po' di cinnamomo se per caso dovesse vomitare... un po' di salvia per il corri-corri... un po' di chiodi di garofano per purificare il sangue..."

Non avevo mai assaggiato niente di così disgustoso, ma la pozione riportò il malessere a un livello sopportabile, per cui incominciai a sentirmi un pochino più "su". Non ero euforico a causa della soluzione d'oppio; ero su di tono per la privazione della droga. La droga è un'inoculazione di morte che mantiene l'organismo in uno stato di emergenza. Quando l'intossicato si toglie di dosso la scimmia, le reazioni di emergenza continuano. Le sensazioni si acuiscono, il drogato è conscio in misura sgradevolissima dei propri processi viscerali; i movimenti peristaltici e le secrezioni hanno luogo senza freno. Quale che possa essere la sua età, il tossicomane è soggetto agli eccessi emotivi di un bambino o di un adolescente.

Dopo aver ingerito per tre giorni l'intruglio di Ike, mi misi a bere. Non mi era mai riuscito di bere in passato, quando mi davo alla droga o mi affliggeva il malessere. Ma il trangugiare soluzione d'oppio è diverso dall'iniettarsi la polvere bianca; si può associare l'oppio all'ubriachezza.

A tutta prima incominciai a bere alle cinque del pomeriggio. Dopo una settimana incominciai alle otto del mattino, rimasi "fradicio" per tutto il giorno e tutta la notte, e mi destai ancora ubriaco la mattina dopo.

Tutte le mattine, al risveglio, trangugiavo benzedrina, sanicina e un pezzo d'oppio insieme a caffè nero, con uno schizzo di tequila. Poi giacevo supino, chiudevo gli occhi e tentavo di ricomporre i frammenti della notte e della giornata precedenti. Il più delle volte, da mezzogiorno in poi, scivolavo in una ubriachezza assoluta. Capita a volte di destarsi da un sogno e di pensare: "Grazie a Dio non ho fatto davvero una cosa simile!" Ricostruendo un periodo di incoscienza, pensi invece: "Dio mio, ho potuto davvero far questo?"

Il confine tra il dire e il pensare è vago e confuso. Lo hai detto o lo hai semplicemente pensato?

Dopo dieci giorni di cura mi ero conciato in modo scandaloso. Avevo i vestiti macchiati e come incartapecoriti a furia di versarmi addosso liquori. Non facevo mai il bagno. Ero dimagrito, mi tremavano le mani, seguitavo a versare qualcosa, a rovesciare sedie e a cadere io stesso. Ma sembrava che disponessi di energie illimitate e di una capacità di resistenza ai liquori mai posseduta prima. Le mie emozioni traboccavano ovunque; ero sfrenatamente socievole e parlavo con tutti coloro con i quali riuscivo ad attaccare bottone. Costringevo persone mai viste ad ascoltare confidenze disgustosamente intime. Varie volte feci le più oscene proposte sessuali a individui che non avevano lasciato capire in alcun modo di esservi disposti.

Ike si faceva vedere ogni qualche giorno. "Sono contento di costatare che ci stai riuscendo, Bill. Possa cadere paralizzato se non lo dico col cuore. Ma se per caso tu dovessi star male e metterti a vomitare... eccoti cinque centigrammi di morfina."

Ike giudicò severamente il fatto che mi ero dato all'alcool. "Tu stai bevendo, Bill. Stai bevendo e finirai con l'impazzire. Hai un aspetto terribile, una faccia da far paura. Sarebbe preferibile tornare alla droga piuttosto che bere in questo modo."

Mi trovavo in una *cantina* popolare in via Dolores, a Città del Messico. Bevevo da circa due settimane. Sedevo in un séparé con tre messicani e bevevamo tequila. I messicani erano abbastanza ben vestiti; uno di loro parlava l'inglese. Un messicano tarchiato, di età media, dal viso malinconico e dolce, cantava e sonava la chitarra. Era in fondo a un séparé, su una sedia. Mi faceva piacere che il canto rendesse impossibile la conversazione.

Entrarono cinque poliziotti. Mi dissi che avrebbero potuto perquisirmi e così sfilai dalla cintola la rivoltella e la fondina e le lasciai cadere sotto il tavolo insieme con un pezzo d'oppio nascosto in un pacchetto di sigarette. I poliziotti tracannarono una birra e se ne andarono.

Quando frugai a tastoni sotto il tavolo, la rivoltella era scomparsa, ma la fondina c'era ancora.

Sedevo in un altro bar con il messicano che parlava l'inglese. Il cantante e gli altri due messicani se n'erano andati. Il locale era soffuso di una fioca luce gialla. Un'ammuffita testa di toro montata su un supporto faceva bella mostra di sé alla parete, dietro il banco di mogano. V'erano anche fotografie di toreri, alcune delle quali con firma autografa. Sulla porta di vetro smerigliato stava scritta la parola "Saloon". Mi sorpresi a leggere e a rileggere più e più volte quella parola, "Saloon". Avevo la sensazione di essere rientrato in me nel bel mezzo d'una conversazione.

Dall'espressione del mio interlocutore dedussi ch'ero a metà d'una frase, ma non sapevo che cosa avessi detto, o che cosa stessi per dire, o su cosa vertesse la discussione. Credetti che stessimo parlando della rivoltella. "Sto cercando, probabilmente, di ricomprarla." Notai che l'uomo aveva in mano il pezzo d'oppio e se lo stava rigirando tra le dita.

"Sicché lei pensa che ho l'aria di un tossicomane?" disse.

Lo fissai. L'uomo aveva una faccia scavata, con zigomi alti. Gli occhi erano di quel grigio castano che si nota spesso nei meticci di sangue indiano ed europeo. Indossava un vestito grigio chiaro e portava la cravatta. La bocca era sottile, abbassata agli angoli. Una bocca da drogato, senz'altro. Esistono individui che hanno l'aspetto dei tossicomani e non lo sono, così come certi individui sembrano invertiti senza esserlo. Si tratta di persone che causano guai.

"Chiamo un agente," disse quello, avvicinandosi all'apparecchio telefonico applicato a un pilastro di sostegno.

Gli strappai dalla mano il ricevitore e lo spinsi contro il banco del bar con tanta violenza che rimbalzò. L'uomo mi sorrise. Aveva i denti rivestiti di una pellicola rossastra. Mi voltò le spalle, chiamò il barista e gli mostrò il pezzo d'oppio. Uscii e salii su un tassì.

Ricordo di essere tornato a casa mia per prendervi un'altra rivoltella... una rivoltella di grosso calibro. Ero in preda a una furia isterica, anche se, in retrospettiva, non mi riesce di capire esattamente perché.

Discesi dal tassì, percorsi la strada ed entrai nel bar. L'uomo stava appoggiato al banco, con la giacca grigia ben tesa sulla schiena e sulle spalle esili. Voltò verso di me un viso inespressivo.

Dissi: "Esci di qui e precedimi".

"Perché, Bill?"

"Avanti, cammina."

Estrassi la grossa rivoltella di sotto la cintola, armandola mentre la estraevo, e ne affondai la canna nel ventre dell'uomo. Con la mano sinistra lo agguantai per i risvolti della giacca e lo spinsi contro il banco. Solo in seguito ricordai che l'uomo mi aveva chiamato con il mio vero nome e che probabilmente anche il barista mi conosceva.

L'uomo era perfettamente calmo, con un'espressione vacua di paura controllata. Intravidi qualcuno avvicinarsi alle mie spalle, dalla parte destra, e voltai a mezzo il capo; il barista stava accorrendo con un poliziotto. Girai sui tacchi, esasperato dall'intromissione, conficcai la canna della rivoltella nello stomaco dell'agente.

"Chi ti ha chiesto di metterci il becco?" domandai in inglese. Non stavo parlando con un poliziotto reale, tridimensionale. Parlavo con il poliziotto ricorrente nei miei sogni... un uomo irritante, indefinibile, piuttosto bruno, sempre pronto a intervenire quando io stavo per praticarmi una puntura o per andare a letto con un ragazzo.

Il barista mi afferrò il braccio, torcendomelo di lato, via dallo stomaco del poliziotto, e il poliziotto impugnò impassibile la sua malconcia automatica calibro 45 appoggiandomela deciso contro il corpo. Sentii il gelo della canna attraverso la camicia sottile di cotone. La pancia del poliziotto sporgeva. Non l'aveva risucchiata in dentro, né si era proteso in avanti. Allentai la presa sulla rivoltella e la sentii sfuggirmi di mano. Alzai a mezzo le mani, palme in fuori, in gesto di resa.

"Va bene, va bene," dissi, e poi soggiunsi: "*Bueno*".

Il poliziotto rimise nella fondina la sua calibro 45. Il barista si appoggiava al banco, esaminando la rivoltella. L'uomo dal vestito grigio rimaneva lì, del tutto inespressivo.

"*Está cargada*... è carica," disse il barista, senza alzare gli occhi dalla rivoltella.

Avrei voluto dire: "Naturale... a che serve una rivoltella scarica?" ma non dissi niente. La scena era irreale e piatta e insulsa, come se io mi fossi insinuato nel sogno di un altro, l'ubriaco che capita barcollante sul palcoscenico.

Ed ero irreale per gli altri, il forestiero di un altro paese. Il barista mi fissò incuriosito. Ebbe una breve alzata di spalle, di interdetto disgusto, e infilò la rivoltella sotto la cintola. Non v'era odio nella stanza. Forse mi avrebbero odiato se fossi stato più vicino a loro.

Il poliziotto mi agguantò il braccio con fermezza. "*Vámonos gringo,*" disse.

Uscii con lui. Mi sentivo floscio e stentavo a far funzionare le gambe. A un certo punto incespicai e il poliziotto mi sostenne. Stavo tentando di comunicargli il concetto che, pur non avendo denaro con me, avrei potuto farmene prestare "*de amigos*". Avevo il cervello obnubilato. Mescolavo lo spagnolo e l'inglese, e la parola che significa prestito stava nascosta in qualche schedario della mente, preclusa alla mia possibilità di servirmene dalla barriera meccanica dei collegamenti annebbiati dall'alcool. Il poliziotto crollò il capo. Mi stavo sforzando di modificare il concetto. A un tratto il poliziotto smise di camminare.

"*Ándale, gringo,*" disse, dandomi una lieve spinta sulla spalla. Rimase per un minuto dove si trovava, seguendomi con lo sguardo mentre percorrevo la strada. Lo salutai con la mano. Non rispose. Girò sui tacchi e tornò nella direzione da dove era venuto.

Mi rimaneva un *peso.* Entrai in una *cantina* e ordinai una birra. Non servivano birra spillata, e una bottiglia di birra costa un *peso.* C'era un gruppetto di giovani messicani in fondo al bar e io attaccai discorso con loro. Uno di essi mi mostrò la patacca della polizia segreta. Probabilmente falsa, decisi. In ogni bar messicano c'è un finto poliziotto. Mi sorpresi a bere una tequila. L'ultima cosa che ricordai fu il sapore aspro del limone risucchiato insieme al contenuto del bicchiere di tequila.

Mi destai la mattina dopo in una stanza che non conoscevo. Mi guardai intorno. Alberghetto popolare. Cinque *pesos.* Un armadio, una sedia, un tavolino. Vedevo gente passare fuori, al di là delle tende accostate. Pianterreno. Una parte dei miei indumenti era ammonticchiata sulla sedia. La giacca e la camicia si trovavano sul tavolino.

Feci scivolare le gambe giù dal letto e mi misi a sedere, sforzandomi di ricordare che cosa era accaduto dopo quell'ultimo bicchiere di tequila. Ma c'era solo il vuoto. Scesi dal letto e feci l'inventario dei miei effetti personali. "La penna stilografica, scomparsa. Perdeva inchiostro, del resto... mai posseduta una penna che non perdesse... il temperino, scomparso... anche questa non è una gran perdita..." Incominciai a vestirmi. Mi scuoteva un tremito convulso. "Ho bisogno di qualche birra... forse potrei trovare Rollins a casa, adesso."

Fu un lungo tragitto. Rollins si trovava davanti a casa sua e faceva passeggiare il cane, un segugio. Era un uomo della mia stessa età, di struttura robusta, con bei lineamenti marcati e ispidi capelli neri, un po' brizzolati sulle tempie. Indossava un costoso cappotto sportivo, pantaloni di velluto e una giaçca di cuoio. Ci conoscevamo da trent'anni.

Rollins mi ascoltò mentre gli raccontavo gli eventi della sera prima. "Finirai col farti bruciare le cervella a furia di portare quella pistola," disse. "A che cosa ti serve? Spareresti senza neppur sapere a chi. Per due volte sei andato a cozzare contro gli alberi, a Insurgentes. Hai attraversato proprio davanti a una macchina. Ti ho tirato indietro e tu mi hai minacciato. Ti ho lasciato là a cercare per conto tuo la via di casa, e davvero non so come tu possa avercela fatta. Sono stufi tutti quanti del tuo modo di comportarti in questi ultimi tempi. Se c'è qualcuno che non voglio vedermi attorno, e credo che nessun altro lo voglia, è un ubriaco armato di pistola."

"Hai ragione, naturalmente," dissi.

"Bene, voglio fare tutto quello che posso per aiutarti. Ma per prima cosa devi bere meno e rimetterti in salute. Fai paura. Poi sarebbe bene che pensassi al modo di guadagnare qualcosa. A proposito di quattrini, sarai a terra, suppongo, come al solito." Rollins si tolse di tasca il portafogli. "Eccoti cinquanta *pesos.* È il massimo che possa fare per te."

Con i cinquanta *pesos* mi ubriacai. Verso le nove di quella sera non avevo il becco di un quattrino e tornai a casa. Mi misi a letto e cercai di dormire. Quando chiusi gli occhi vidi un volto orientale, con le labbra e il naso divorati dalla lebbra. La lebbra si diffondeva, fondendo il viso in una massa ameboide nella quale galleggiavano gli occhi, occhi opachi da crostaceo. Adagio, un nuovo viso venne a formarsi intorno agli occhi. Una serie di facce, geroglifici deformati e diretti verso quel punto estremo in cui termina la strada umana, in cui la forma umana non può più contenere l'orrore da crostaceo cresciuto in essa.

Osservai incuriosito. "Sono arrivato agli incubi," pensai con freddezza.

Mi destai scosso da un sussulto di paura. Rimasi disteso sul letto, con il cuore che batteva in fretta, cercando di capire che cosa mi avesse spaventato. Mi parve di udire un lieve rumore al pianterreno. "C'è qualcuno in casa," dissi ad alta voce, e immediatamente seppi ch'era vero.

Tolsi dall'armadio la carabina calibro 30. Mi tremavano le mani; quasi non riuscii a caricare il fucile. Lasciai cadere parecchie cartucce sul pavimento prima di infilarne due in canna. Le gambe seguitavano a piegarmisi sotto. Discesi le scale e accesi tutte le lampade. Nessuno. Niente.

Tremavo dalla testa ai piedi e oltretutto ero in preda al malessere della mancanza di droga! "Quanto tempo è passato dall'ultima puntura?" mi domandai. Non riuscivo a ricordarlo. Mi misi a frugare in tutta la casa, cercando droga. Qualche tempo prima avevo nascosto un pezzo d'oppio in un foro nell'angolo della stanza. L'oppio era scivolato sotto le assi del pavimento, irraggiungibile. Più volte avevo fatto tentativi falliti per ricuperarlo.

"Questa volta lo prendo," dissi a voce alta. Con le mani tremanti piegai a gancio un attaccapanni e mi misi a pescare l'oppio. Il sudore mi scorreva giù per il naso. Mi scorticai le mani sul legno frastagliato intorno all'orlo del foro. "Se non riesco a pescarlo così, ci riuscirò in un'altra maniera," dissi torvo, e andai in cerca della sega.

Non mi riuscì di trovarla. Corsi dall'una all'altra stanza, gettando roba qua e là e vuotando sul pavimento il contenuto dei cassetti, in preda a una frenesia crescente. Singhiozzando di rabbia tentai di sollevare le assi con le mani. Rinunciai, infine, e giacqui sul pavimento ansimante e piagnucolante.

Ricordai che c'era un po' di dionina nell'armadietto dei medicinali. Mi alzai per andare a prenderla. Ne rimaneva una sola compressa. La compressa si sciolse lattiginosa, e io ebbi paura di iniettarmela in vena. Un sussulto improvviso, involontario, della mano estrasse l'ago dal braccio, e il contenuto della siringa si sparse sulla pelle. Rimasi lì a contemplarmi il braccio.

Finalmente dormii un poco e mi destai la mattina dopo in preda all'abbattimento tremendo dell'alcoolismo. Il malessere della mancanza di droga, sospeso dalla codeina e dall'oppio, attutito da settimane di ubriacature incessanti, mi riassalì con tutto il suo impeto. "Devo procurarmi codeina," pensai.

Frugai tutte le tasche. Niente, non una sigaretta, non un *centavo.* Passai nel soggiorno e mi chinai sul divano, là dove la spalliera si univa al sedile. Feci scorrere la mano nello spiraglio. Un pettine, un pezzo di gesso, una matita spuntata, una moneta da dieci *centavos,* una da cinque. Sentii una fitta di dolore sconvolgente e tirai fuori la mano. Sanguinavo per un taglio profondo al dito. Una lametta di rasoio, evidentemente. Strappai un pezzo di salvietta e me lo avvolsi intorno al dito; il sangue lo imbevve e gocciolò sul pavimento. Tornai a letto. Non potevo dormire. Non potevo leggere. Rimasi lì, fissando stoicamente il soffitto.

Una scatola di fiammiferi volò, attraverso la porta, nel bagno. Mi drizzai a sedere, con il cuore martellante. "Il vecchio Ike, lo spacciatore!" Spesso Ike s'insinuava in casa furtivo e manifestava la propria presenza, come un fantasma, gettando in aria qualche oggetto o bussando alle pareti. Il vecchio Ike apparve sulla soglia.

"Come te la passi?" domandò.

"Non tanto bene. Tremo tutto. Ho bisogno d'una puntura."

Ike annuì. "Già," prese a dire, "la morfina è quel che occorre per il tremito. Ricordo che una volta, a Minneapolis..."

"Lascia stare Minneapolis. Ne hai?"

"Ce l'ho, ma non con me. Mi ci vogliono venti minuti per andare a prenderla." Il vecchio Ike si stava mettendo a sedere, sfogliava una rivista. "Perché? Ne vuoi un po'?"

"Sì."

"Vado a prendertela subito."

Ike rimase via per due ore.

"Ho dovuto apettare che quel tizio tornasse da pranzo per aprire la cassaforte dell'albergo. Tengo la merce in cassaforte, così nessuno mi becca. A quelli dell'albergo dico che è polvere d'oro... "

"Ma ce l'hai?"

"Sì, ce l'ho. Dov'è la tua attrezzatura?"

"Nel bagno."

Ike uscì dal bagno con tutto il necessario per la puntura e incominciò a fare sciogliere una dose. Seguitava a parlare. "Bevi e stai diventando pazzo. Non posso soffrire di vederti lasciare la droga e metterti in qualcosa di peggio. Ne conosco tanti che rinunciano alla droga. Molti non possono farcela con Lupita. Quindici *pesos* per una cartina, e te ne occorrono tre se vuoi metterti in sesto. Si mettono subito a bere e non tirano avanti per più di due o tre anni."

"Presto con quella puntura," dissi io.

"Sì, solo un momento. L'ago è otturato." Ike incominciò a tastare l'orlo del risvolto della giacca, cercando un crine per pulire l'ago. Continuò a parlare: "Ricordo una volta, al largo di Mary Island. Eravamo sul battello e il colonnello si ubriacò, cadde in acqua e per poco non annegò con le sue due *pistolas*". Ike soffiò attraverso l'ago. "Ora non è più otturato. Vedo un tale ch'era solito procurarsi la droga da Lupita; lo chiamavano El Sombrero perché rubava i cappelli alla gente e scappava di corsa; si avvicinava ai tram proprio quando stavano per partire, agguantava un cappello e filava... zac, come un fulmine. Be', dovresti vederlo adesso. Ha le gambe tutte gonfie, coperte di piaghe e sudicie, oh, Dio mio! La gente gli gira alla larga, così." Ike era in piedi con la pompetta contagocce in una mano e l'ago nell'altra.

Dissi: "Allora, questa puntura?"

"Okay. Quanta ne vuoi? Circa cinque centigrammi? Meglio cinque."

Occorse molto tempo prima che la puntura facesse effetto. Agì lentamente, dapprima, poi con forza crescente. Mi ridistesi sul letto come se mi fossi trovato in un bagno caldo.

Seguitai a bere. Parecchi giorni dopo svenni allo Ship Ahoy dopo aver bevuto tequila per otto ore senza interruzione. Alcuni amici mi portarono a casa; la mattina dopo mi tormentarono i peggiori postumi d'una sbornia che avessi mai avuto in vita mia. Incominciai a vomitare a intervalli di dieci minuti, finché non cacciai fuori bile verde.

Poi il vecchio Ike venne a trovarmi. "Devi smetterla di bere, Bill. Stai diventando pazzo."

Non mi ero mai sentito così male. La nausea mi squassava tutto, come convulsioni. Il vecchio Ike mi sostenne mentre vomitavo bile, tanta da riempire alcuni cucchiai, nella toletta. Mi mise un braccio sulle spalle, mi strinse a sé e mi aiutò a tornare a letto. Verso le cinque del pomeriggio smisi di vomitare e riuscii a tenere il contenuto d'una bottiglietta di succo d'uva e un bicchiere di latte.

"C'è puzza di piscio qui dentro," dissi. "Uno di quei gatti deve aver pisciato sotto il letto."

Ike si mise a fiutare intorno al letto. "No, qui non c'è niente." Fiutò ancora alla testata del letto, dove io giacevo appoggiato ai guanciali. "Bill, ma sei tu a puzzare di piscio!"

"Eh?" Incominciai a odorarmi le mani, sempre più inorridito, come stessi scoprendo di avere la lebbra. "Dio santo!" esclamai, lo stomaco raggelato dallo spavento. "Ho un avvelenamento uremico! Ike, esci e va' a chiamare un medico."

"Okay, Bill. Te lo porto subito."

"E non tornare qui con uno di quei disgraziati che rilasciano ricette per cinque *pesos*!"

"Okay, Bill."

Rimasi a letto, sforzandomi di vincere la paura. Non mi intendevo molto di avvelenamento uremico. Una donna che avevo conosciuto di sfuggita nel Texas ne era morta dopo aver bevuto una bottiglia di birra ogni ora, notte e giorno, per due settimane. Era stato Rollins a parlarmene. "Si gonfiò, diventò quasi nera, poi le vennero le convulsioni e morì. Tutta la casa puzzava di orina!"

Mi rilassai, sforzandomi di sintonizzarmi sulle mie viscere e di scoprire che cosa avessi. Non presentivo la morte, né notavo i sintomi d'una malattia grave. Mi sentivo stanco, pesto, languido. Giacevo a occhi chiusi nella stanza che andava oscurandosi.

Il vecchio Ike arrivò con il medico e accese la luce. Un medico cinese... uno di quelli che rilasciavano ricette a Ike. Disse che non c'era uremia, dato che potevo orinare e non avevo mal di capo.

Domandai: "Come mai puzzo in questo modo?"

Il medico alzò le spalle. Ike spiegò: "Dice che non è niente di grave. Dice che dovresti smettere di bere. Dice che sarebbe preferibile continuare come prima, anziché bere così". Il medico assentì. Udii Ike nell'ingresso cercare di scroccargli una ricetta di morfina.

"Ike, credo che quel medico non capisca un accidenti. Voglio che tu faccia una cosa. Va' dal mio amico Rollins - ti scriverò l'indirizzo - e pregalo di mandarmi un bravo dottore; saprà a chi rivolgersi, perché sua moglie è stata malata."

"Bene, d'accordo," disse Ike. "Ma credo che tu stia buttando i tuoi soldi. Questo medico è bravissimo."

"Sì, è bravo a scrivere ricette."

Ike rise e alzò le spalle. "Va bene."

Tornò un'ora dopo con Rollins e un altro medico. Quando entrarono nell'appartamento, il dottore fiutò l'aria, sorrise e, voltandosi verso Rollins, annuì. Aveva una faccia tonda, sorridente, da orientale. Mi visitò rapidamente e domandò se potessi orinare. Poi, voltatosi verso Ike, gli domandò se andassi soggetto a crisi.

Ike mi disse: "Domanda se ti capita di impazzire. Gli ho risposto di no; solo, qualche volta, alzi il gomito".

Rollins parlò nel suo incerto spagnolo, cercando ogni parola. "*Esto señor huele muy malo e quiere saber por que.* Quest'uomo puzza molto e vuole sapere perché."

Il medico spiegò che si trattava di un'uremia incipiente, ma il pericolo era ormai superato. Dovevo smettere di bere per un mese. Prese in mano una bottiglia vuota di tequila. "Ancora una di queste e sarebbe morto." Stava riponendo gli strumenti. Scrisse la ricetta di un preparato antiacido da prendere ogni qualche ora, strinse la mano a me e a Ike e se ne andò.

Il giorno dopo avevo una smania famelica di cibo e divorai tutto quel che mi capitò a portata di mano.

Rimasi a letto per tre giorni. L'effetto metabolico dell'alcoolismo aveva smesso di agire. Quando ricominciai a bere, bevvi normalmente e mai prima del pomeriggio tardi. Mi tenni lontano dalla droga.

XIV

A quei tempi gli studenti di medicina frequentavano il Lola durante il giorno e lo Ship Ahoy la sera. Il Lola non era precisamente un bar, ma piuttosto una piccola birreria. A sinistra dell'ingresso, entrando, si trovava un banco per la birra, l'acqua di selz, il ghiaccio. Un altro banco, lungo il quale si allineavano sgabelli di metallo rivestiti di cuoio giallo lucido, andava da un lato della sala fino al juke-box. Gli sgabelli avevano perduto da un pezzo i tamponcini di gomma all'estremità delle gambe e facevano un orribile rumore raschiante ogni volta che la cameriera li spostava qua e là per scopare. Nel retro c'era una cucina dove un sudicio cuoco friggeva ogni cosa nel grasso rancido. Il Lola non aveva né un passato né un avvenire. Il locale era una sala d'aspetto.

Sedevo in quel bar leggendo il giornale. Dopo qualche tempo abbassai il giornale e mi guardai intorno. Al tavolo vicino qualcuno stava parlando di lobotomia. "Recidono i nervi." A un altro tavolo due giovanotti tentavano approcci con alcune ragazze messicane. "*Mi amigo es muy... muy...*" Cercava la parola adatta. Le ragazze ridacchiavano. Le conversazioni erano di una banalità da incubo, dadi parlanti versati nelle sedie di tubo metallico, aggregati umani che si disintegravano in una follia cosmica, eventi casuali in un universo morente.

Mi ero tenuto lontano dalla droga per due mesi. Quando ti astieni dalla droga tutto sembra banale, ma rammenti il ripetersi delle punture, lo statico orrore dello stupefacente, la vita che ti si svuota nel braccio tre volte al giorno.

Presi la pagina dei fumetti sul tavolo vicino. Era di due giorni prima. La rimisi dove l'avevo trovata. Niente da fare. Non un luogo in cui andare. Mia moglie si trovava ad Acapulco. Mi incamminai verso casa e scorsi il vecchio Ike a un isolato di distanza.

Certi individui riesci a riconoscerli sin dove giunge il tuo sguardo; di altri non puoi essere sicuro finché non li hai così vicini da toccarli. I tossicomani sono quasi tutti nitidamente a fuoco. V'era stato un tempo in cui la mia pressione del sangue aumentava dal piacere alla vista del vecchio Ike. Quando prendi la droga, lo spacciatore è come l'amata per l'innamorato. Aspetti il suo passo tutto particolare nel corridoio, il suo modo speciale di bussare alla porta, scruti le facce che vengono avvicinandosi per la strada. Puoi raffigurarti, come un'allucinazione, ogni minimo particolare del suo aspetto, come se lui si trovasse lì sulla soglia, con la solita presa in giro dello spacciatore incallito: "Spiacente di deluderti, ma non ho potuto procurarmi la merce". Osservando il gioco alterno della speranza e dell'ansia sul viso dell'altro, gustando la sensazione di benevolo potere, il potere di dare o di negare. Pat, a Nuova Orleans, insisteva sempre con questa solfa, e così Bill Gains a New York. Il vecchio Ike giurava di non avere niente, poi mi infilava in tasca la cartina e diceva: "Guarda, l'avevi in tasca senza saperlo".

Ma ormai io mi astenevo dalla droga. Eppure una puntura di morfina sarebbe stata piacevole più tardi, prima di accingermi a dormire, o, meglio ancora, una "pillola rapida", metà cocaina e metà morfina. Raggiunsi Ike sulla porta dell'appartamento. Gli lasciai cadere una mano sulla spalla, e lui si voltò e quella sua faccia di drogato, sdentata, da vecchia, si illuminò in un sorriso nel riconoscermi.

"Salve," disse.

"Non ti vedo da un secolo," dissi io. "Dove ti sei rintanato?"

Rise. "Sono stato dentro," disse. "In ogni modo, non volevo farmi vivo perché sapevo che ti eri liberato della scimmia. Hai smesso del tutto?"

"Sì, ho smesso."

"Non la vorresti una puntura, allora?" Il vecchio Ike stava sorridendo.

"Be'..." Sentii una punta dell'eccitazione di un tempo, come quando incontri qualcuno con il quale eri solito andare a letto e a un tratto l'eccitazione è di nuovo lì e tutti e due sapete che state per andare a letto di nuovo.

Ike fece un gesto di deprecazione. "Ne ho qui circa dieci centigrammi. Non è abbastanza perché possa giovarmi. Ho anche un po' di coca."

"Entra," dissi io.

Aprii la porta. L'appartamento era buio e sapeva di chiuso. Vestiti, libri, giornali, piatti e bicchieri sporchi si trovavano sparsi dappertutto su sedie e tavoli e sul pavimento sudicio. Spinsi giù dal logoro divano una pila di riviste.

"Mettiti a sedere," dissi. "L'hai con te la merce?"

"Sì, l'ho seminata." Si sbottonò i calzoni ed estrasse una bustina rettangolare, con la piega dei tossicomani, un'estremità infilata nell'altra. La bustina conteneva altre due bustine più piccole, entrambe piegate nello stesso modo. Ike le posò sul tavolo e mi fissò con i suoi vividi occhi castani. La bocca, sdentata e serrata, dava l'impressione che le labbra fossero cucite.

Andai nel bagno a prendere il necessario per la puntura: ago, pompetta contagocce e un batuffolo di cotone. Pescai un cucchiaio tra la pila dei piatti sporchi nel lavandino. Il vecchio Ike lacerò una lunga striscia di carta, la inumidì con la saliva e l'avvolse intorno all'estremità del contagocce. Adattò l'ago al collare di carta umida. Aprì una delle bustine, badando bene a non farne cadere il contenuto, con un movimento a scatto della carta oleata.

"Questa è la coca," disse. "Sta' attento, è roba forte."

Vuotai la morfina nel cucchiaio, aggiungendovi un po' d'acqua. Circa mezzo grano, presunsi. Più quattro centigrammi che dieci. Tenni un fiammifero acceso sotto il cucchiaio finché la morfina non si fu sciolta. La cocaina non si deve mai scaldare. Aggiunsi un po' di coca sulla punta della lama di un coltello, ed essa si sciolse all'istante, come neve che cade nell'acqua. Mi avvolsi intorno al braccio una cravatta logora. Avevo il respiro corto per l'eccitazione e mi tremavano le mani.

"Fammela tu la puntura, vuoi, Ike?"

Il vecchio Ike tastò piano con un dito la vena, tenendo il contagocce inclinato tra il pollice e le altre dita. Ike era bravo. Quasi non sentii l'ago entrare in vena. Scuro, rosso sangue sprizzò nella pompetta contagocce.

"Okay," disse Ike. "Allenta."

Allentai la cravatta e il contagocce si svuotò nella vena. La coca mi colpì al capo, un capogiro e una tensione piacevoli, mentre la morfina si diffondeva nel mio organismo a ondate di rilassamento.

"È stato piacevole?" domandò Ike sorridendo.

"Se Dio ha creato qualcosa di meglio, l'ha tenuto per sé," dissi.

Ike puliva l'ago, facendone sprizzare acqua. "Bene," disse stupidamente, "quando faranno l'appello lassù noi ci saremo, no?"

Sedetti sul divano e accesi una sigaretta. Il vecchio Ike andò in cucina a preparare una tazza di tè. Incominciò l'ennesima puntata dell'interminabile saga del Bastardo Nero. "Il Bastardo Nero sta spacciando droga a tre tizi, adesso. Borsaioli tutti e tre, e se la cavano abbastanza bene nel mercato. Corrompono i poliziotti. Lui dà circa quattro centigrammi a puntura per quindici *pesos.* Ora che se la passa bene non mi rivolge più la parola, il lurido bastardo. Non durerà un mese, aspetta e vedrai; la prima volta che uno di quei tipi verrà beccato, canterà così!" Si affacciò alla porta della cucina e fece schioccare le dita. "Non durerà un mese." La bocca sdentata era contorta dall'odio.

Quando io avevo lasciato gli Stati Uniti tagliando la corda, il movimento contro la droga si presentava già sotto un aspetto nuovo e speciale. Apparivano chiari i sintomi iniziali di un isterismo nazionale. La Louisiana approvò, una legge che considerava un reato essere tossicomani. Poiché la legge non specifica né il momento né il luogo, e il termine "tossicomane" non viene definito con chiarezza, le prove non sono necessarie e neppure pertinenti, con una legge formulata in questo modo. Inutilità delle prove e, di conseguenza, inutilità del processo. Questa è una legislazione da stato di polizia che colpisce una situazione preesistente. Altri stati stavano emulando la Louisiana. Vidi le mie possibilità di sottrarmi a una condanna ridursi di giorno in giorno, man mano che la campagna contro la droga diveniva una vera e propria ossessione paranoica, come l'antisemitismo nazista. Decisi così di fuggire e di risiedere definitivamente fuori degli Stati Uniti.

Seguii la campagna contro la droga al sicuro nel Messico. Lessi di ragazzetti tossicomani e di senatori che chiedevano la pena di morte per gli spacciatori di stupefacenti. La cosa non mi sembrava verosimile. Chi mai vuole ragazzi come clienti? Non hanno mai denaro a sufficienza e cantano invariabilmente, se sottoposti a un interrogatorio. I genitori si accorgono che il figliolo è dedito agli stupefacenti e si rivolgono alle autorità.

Mi dissi che gli spacciatori di droga degli Stati Uniti dovevano essere divenuti ingenui; oppure la faccenda dei fanciulli intossicati era una montatura per destare la riprovazione del pubblico e fare approvare nuove leggi.

Nel Messico v'era uno stillicidio di tossicomani profughi. "Sei mesi per tracce di punture, in base alla legge californiana contro gli stupefacenti." "Otto anni per una pompetta contagocce a Washington." "Da due a dieci anni per spaccio di stupefacenti a New York." Un gruppo di giovani *hipsters* veniva ogni giorno a casa mia a fumare marijuana.

C'era Cash, un musicista che sonava la tromba. C'era Pete, un biondo atletico che sarebbe potuto servire da modello per il tipico giovanotto americano dei cartelloni pubblicitari. C'era Johnny White, con moglie e tre figli, che aveva l'aria del giovane americano medio. C'era Martin, un ragazzo bruno e avvenente, di origine italiana. Nessuno che vestisse con vistosa eleganza. Gli *hipsters* sono divenuti clandestini.

Imparai il nuovo gergo dell'*hipster*: "malloppo" per dire "erba", "spremuto" per dire "a terra"; "fresco", un termine onnivalente per indicare qualsiasi cosa che piaccia o qualsiasi situazione che non sia legalmente pericolosa. All'opposto, tutto quel che non ti va a genio è "non fresco". Ascoltando questi tipi, mi feci un quadro della situazione negli Stati Uniti. Un caos completo nel quale non sai mai dove ti ritrovi o con chi stai parlando. I drogati dei bei tempi solevano dirmi: "Se vedi un tizio farsi una puntura al braccio, puoi star certo che non è un agente federale".

Anche questo non è più vero. Martin mi disse: "Questo tale entrò e mi raccontò di avere il malessere. Conosceva i nomi di certi amici nostri a 'Frisco. Così quegli altri due tali procurarono eroina e lui si mise in sesto con loro per più di una settimana. Poi li pescarono tutti. Io non c'ero quando accadde, perché non ero io a rifornire quel tizio, e in quel momento non prendevo eroina. Così l'avvocato dei due che avevano beccato scoprì che l'altro era un agente federale della squadra narcotici. Un 'agente', non un informatore! Venne anche a sapere come si chiamava".

E Cash mi disse che a volte due drogati si fanno una puntura insieme, e poi uno dei due tira fuori la patacca della polizia.

"Come si può farcela?" disse Cash. "Questi tali sono tossicomani anche loro, insomma. Individui come te e come me, con una piccola differenza... lavorano per lo zio Sam."

Ora che l'Ufficio Narcotici si è accinto a mandare in carcere tutti i tossicomani degli Stati Uniti, ha bisogno di un maggior numero di agenti. E non solo di agenti più numerosi, ma di agenti di un tipo diverso. Come al tempo del proibizionismo, quando gangster e contrabbandieri si riversarono nell'Internal Revenue Department, così ora i tossicomani entrano a far parte della squadra narcotici per ottenere droga gratis e l'immunità. Non si può fingere di essere drogati. L'intossicato sa riconoscere un altro intossicato. I tossicomani-agenti riescono a nascondere il vizio della droga, o forse sono tollerati perché ottengono buoni risultati. Un agente che deve trovare contatti, o cadere in preda al malessere dell'astinenza, svolge il suo compito con uno zelo tutto particolare.

Cash, il sonatore di tromba che aveva scontato sei mesi in base alla legge californiana, era un uomo alto e magro, con una barbetta rada e gli occhiali. Portava scarpe con spesse suole di cuoio, costose camicie di pelo di cammello, e un giubbotto di cuoio di quelli che si fermano davanti con una cintola. Capivi subito che aveva addosso un centinaio di dollari di indumenti; la sua vecchia era danarosa e lui spendeva. Quando lo conobbi, il denaro era quasi completamente finito. Cash mi disse: "Le donne mi corrono dietro, ma delle femmine io me ne infischio. La sola cosa che mi dia sensazioni davvero piacevoli è sonare la tromba".

Cash era l'accattone di droga nato. Riusciva a far sì che ti fosse difficile rifiutare. Mi prestava piccole somme di denaro - mai sufficienti a pagare la droga che consumava -, poi diceva di avermi dato tutto quello che aveva in tasca e di essere rimasto senza soldi per comprare pillole di codeina. Mi diceva che intendeva liberarsi della scimmia. Quando arrivai nel Messico gli diedi mezzo grammo di morfina, e si addormentò. Secondo me, la merce che vendono ora negli Stati Uniti è adulterata al punto che rimane solo la carta.

Dopo quella volta egli si faceva vedere a casa mia tutti i giorni e mi chiedeva "una mezza dose". Oppure mendicava droga dal vecchio Ike, il quale non sapeva opporre un rifiuto a chiunque avesse il malessere. Dissi al vecchio Ike di chiudere bottega con lui, e spiegai a Cash che io non ero nel giro della droga. Mi limitavo a tenerne un po' a portata di mano per i casi di emergenza, come quando un amico lontano da casa cadeva in preda al malessere; anche il vecchio Ike, gli dissi, non era precisamente nel giro. In ogni caso non era nel giro per non guadagnarci niente. In breve, noi non facevamo parte dell'associazione benefica dei tossicomani. A partire da quel momento non vidi Cash quasi più.

XV

Il peyote è un nuovo euforico negli Stati Uniti. La legge Harrison non lo vieta e si può acquistarlo per posta dagli erboristi. Io non avevo mai provato il peyote e domandai a Johnny White se gli fosse possibile procurarsene nel Messico.

Rispose: "Sì. C'è qui un erborista che lo vende. Ci ha invitati tutti ad andare a casa sua e a provare il peyote con lui. Puoi venire anche tu, se ti fa piacere. Voglio vedere se ha qualcosa ch'io possa portare negli Stati Uniti e piazzare laggiù".

"Perché non spacci il peyote?"

"Non si conserva. Imputridisce oppure si dissecca in pochi giorni e perde le sue proprietà euforiche." Andammo a casa dell'erborista ed egli tirò fuori una scodella di peyote, una grattugia e un bricco di tè.

Il peyote è un piccolo cactus e solo la parte superiore che affiora dal terreno può essere utilizzata. Si chiama "bocciolo". I boccioli si preparano liberandoli della corteccia e della lanugine e grattugiandoli finché non assumono l'aspetto di insalata di avocado. Quattro boccioli sono la dose media per il neofito.

Mandammo giù il peyote con il tè. Rischiai parecchie volte di soffocare. Finalmente riuscii a trangugiarlo tutto e rimasi seduto aspettando che accadesse qualcosa. L'erborista ci offrì una specie di corteccia che secondo lui era oppio. Johnny arrotolò una sigaretta con quella roba e ce la passò. Pete e Johnny esclamarono: "Fantastico! È formidabile!"

Fumai un poco, sentii un lieve capogiro e incominciò a dolermi la gola. Ma Johnny acquistò una parte di quella corteccia dal puzzo spaventoso per venderla agli *hipsters* disperati negli Stati Uniti.

Dopo dieci minuti il peyote incominciò a darmi la nausea. Tutti mi dissero: "Tienilo giù, amico". Resistetti per altri dieci minuti, poi mi precipitai nel W.C., pronto a gettare la spugna, ma non riuscii a vomitare. Tutto il corpo mi si contrasse in uno spasmo convulso, ma il peyote non voleva venir fuori. E non voleva neppure rimanere nello stomaco.

Finalmente il peyote salì, duro come un groviglio di peli, completamente compatto, bloccandomi la gola. È la sensazione più orribile che abbia mai provato. In seguito l'euforia cominciò adagio.

L'euforia del peyote somiglia all'euforia della benzedrina. Non riesci a dormire e ti si dilatano le pupille. Tutto assume l'aspetto di una pianta di peyote. Mi trovavo in macchina con i White, Cash e Pete; eravamo diretti all'abitazione di Cash nei Lomas. Johnny disse: "Guarda l'argine lungo la strada; sembra una pianta di peyote".

Mi voltai a guardare, pensando: "Che idea idiota, accidenti. La gente è capace di dire qualunque stupidaggine". Eppure l'argine sembrava davvero una pianta di peyote. Tutto quel che guardavo aveva l'aspetto di una pianta di peyote.

La faccia ci si gonfiò sotto gli occhi e le labbra divennero tumefatte, per non so quale azione ghiandolare della droga. Sembravamo indiani. Gli altri asserirono di sentirsi primitivi e si distesero qua e là sull'erba, comportandosi come ritenevano che si comportassero gli indiani. Io non mi sentivo per nulla diverso dal solito; solo euforico come se avessi preso benzedrina.

Rimanemmo alzati per tutta la notte, conversando e ascoltando i dischi di Cash. Cash mi parlò di parecchi individui di 'Frisco i quali si erano liberati della scimmia con il peyote. "A quanto pare non ebbero più il desiderio della droga quando incominciarono a prendere il peyote." Uno di questi intossicati era venuto nel Messico e aveva incominciato a prendere il peyote con gli indiani. Se ne serviva continuamente in grandi quantità: fino a dodici boccioli in una sola dose. Era morto di un morbo diagnosticato come poliomielite. Mi risulta, tuttavia, che i sintomi dell'avvelenamento da peyote e quelli della poliomielite sono identici.

Non riuscii a dormire fino alla mattina dopo, all'alba, e poi ebbi un incubo ogni volta che mi appisolai. In uno di quei sogni mi ammalavo di rabbia; mi guardavo allo specchio e il mio viso mutava e incominciavo a ululare. In un altro ero un clorofillomane; io e altri cinque clorofillomani stavamo aspettando di procurarci clorofilla sul pianerottolo di un misero alberghetto messicano; diventavamo verdi e nessuno di noi riusciva a liberarsi del vizio. Bastava una puntura e si era condannati per tutta la vita. Ci tramutavamo in piante.

I giovani *hipsters* sembrano non possedere energie ed essere incapaci di ogni spontaneo godimento della vita. Basta un accenno alla marijuana o alla droga per galvanizzarli come una puntura di cocaina. Balzano in piedi e dicono: "Splendido! Fantastico! Fumiamo marijuana, amico! Carichiamoci!" Ma dopo una puntura si afflosciano su una sedia come poppanti rassegnati, aspettando che la vita porga loro di nuovo il biberon. Costatai che i loro interessi erano assai limitati; in particolare, notai che il sesso sembrava interessarli assai meno di quanto interessasse la mia generazione. Alcuni di loro si esprimevano come se il sesso non li esaltasse in alcun modo; più volte mi sono ingannato e ho ritenuto che un giovane fosse invertito dopo averne osservato l'indifferenza nei riguardi delle donne, per accertare poi che non era affatto un omosessuale, ma che, semplicemente, la cosa non lo interessava.

Bill Gains gettò la spugna e si trasferì nel Messico. Andai ad accoglierlo all'aeroporto. Era saturo di eroina e di capsule di nembutal. Aveva i calzoni macchiati di sangue nei punti in cui si era inoculato droga sull'aeroplano con uno spillo di sicurezza. Si perfora la pelle con lo spillo e si pone la pompetta contagocce sopra il foro (non dentro); la soluzione penetra subito. Con questo sistema si può fare a meno dell'ago, ma occorre un tossicomane sperimentato perché riesca. Occorre applicare la pressione esatta nel far penetrare la soluzione. Ci provai una volta e il liquido schizzò via da un lato e ci rimisi tutta la dose. Ma quando Gains si bucava la carne, il foro rimaneva aperto aspettando la droga.

Bill era un pioniere; conosceva tutti, nel giro. Godeva di un'eccellente reputazione e riusciva sempre a procurarsi droga finché qualcuno la vendeva. Quando fece le valigie e lasciò gli Stati Uniti, mi dissi che la situazione doveva essere proprio disperata.

"Certo che potrei procurarmi droga," egli mi disse. "Ma se rimanessi negli Stati Uniti finirei col fare dieci anni."

Mi praticai una puntura insieme a lui e incominciò la consueta *routine* del che-cosa-ne-è-stato-di-questo-e-di-quell'altro.

"Il vecchio Bart è morto all'Isola. Louie il Fattorino è finito dentro. Tony e Nick sono stati beccati. Herman non è stato rilasciato per buona condotta. Lo Storpio si è preso una condanna a dieci anni. Marvin il Cameriere è morto per una dose eccessiva."

Ricordavo che Marvin sveniva sempre, ogni volta che si faceva una puntura. Mi pareva di vederlo, disteso sul letto, in qualche alberghetto di terz'ordine, con il contagocce pieno di sangue sospeso alla vena come una piccola clessidra, e la faccia che gli diventava cianotica intorno alle labbra.

"E di Roy che ne è stato?" domandai.

"Non lo hai saputo? Lo hanno beccato e si è impiccato nei Tombs." A quanto pareva la polizia aveva accusato Roy di tre reati, due furti e spaccio di droga. Gli promisero di proscioglierlo da ogni accusa se avesse fatto cadere in trappola Eddie Crump, uno spacciatore incallito. Eddie serviva soltanto persone che conosceva bene, e conosceva Roy. La polizia truffò Roy dopo avere arrestato Eddie. Lo prosciolse dall'accusa di spaccio di stupefacenti, ma non dalle accuse di furto. Così Roy dovette seguire Eddie a Riker's Island, dove Eddie scontava il massimo della pena. Roy era stato condannato a tre anni, cinque mesi e sei giorni; si impiccò nei Tombs, dove stava aspettando di essere trasferito all'Isola.

Roy aveva sempre giudicato con puritana intolleranza gli informatori della polizia. Una volta mi aveva detto: "Io non capisco come un 'piccione' possa continuare a vivere".

Domandai a Bill se fosse vero quanto si diceva dei ragazzi dediti alla droga. Annuì e sorrise, un sorriso maligno ed esultante. "Sì, Lexington è piena di marmocchi, adesso."

In quel momento io non ero nel giro, ma, nell'eventualità di un terremoto imprevisto, non avrei certo avuto le mani pulite. V'era sempre marijuana in giro e la gente veniva a casa mia a praticarsi le punture. Stavo correndo rischi e non guadagnavo un *centavo*. Decisi ch'era tempo di levare le tende e di dirigermi al Sud.

Quando rinunci alla droga, rinunci a un sistema di vita. Ho veduto tossicomani liberarsi della scimmia, darsi all'alcool e crepare dopo pochi anni. Il suicidio è frequente tra gli ex drogati. Perché un tossicomane rinuncia alla droga di sua iniziativa? Non sarà mai possibile rispondere a questo interrogativo. Nessuna classificazione conscia degli svantaggi e degli orrori della droga ti fornisce l'impulso emotivo per smettere. La decisione di liberarsi della droga è una decisione delle cellule e, una volta che tu abbia deciso di smettere, non puoi tornare definitivamente alla droga, così come non ti era possibile starne lontano prima. Al pari di chi sia rimasto assente per molto tempo, vedi le cose in modo diverso quando torni dalla droga.

Lessi di una droga chiamata yage, della quale si servivano gli *indios* lungo gli alti tributari del Rio delle Amazzoni. Si ritiene che lo yage intensifichi la sensibilità telepatica. Uno scienziato colombiano ha isolato dallo yage una sostanza detta telepathina.

So per esperienza che la telepatia è una realtà. Non m'interessa affatto dimostrare l'esistenza della telepatia, o di qualsiasi altra cosa. Desidero soltanto acquisire cognizioni utili in fatto di telepatia; quel ch'io cerco in ogni rapporto umano è il contatto sul piano non verbale dell'intuizione e della sensazione, vale a dire il contatto telepatico.

A quanto pare, non sono il solo a interessarmi allo yage. I russi si servono di questa droga in esperimenti sulla mano d'opera asservita. Vogliono indurre stati di ubbidienza automatica e di controllo del pensiero. Un controllo fondamentale. Non un'eccitazione artificiosa, non una *routine;* si tratta, né più né meno, di penetrare nella psiche di un individuo e di impartire ordini. È certo che si otterranno risultati opposti a quelli voluti, perché la telepatia non è un fenomeno a senso unico e non è affatto una questione di trasmissione e ricezione.

Decisi di andare in Columbia e di procurarmi yage. Bill Gains ha tagliato la corda insieme al vecchio Ike. Mia moglie e io ci siamo separati. Sono pronto a trasferirmi nel Sud e ad andare in cerca della non ancor sperimentata euforia che apre anziché restringere come la droga.

Euforia significa vedere le cose sotto una prospettiva tutta particolare. Euforia significa liberazione momentanea dalle imposizioni della carne che invecchia, della carne prudente, esasperante, spaventata. Forse io troverò nello yage quello che cercavo nella droga, nella marijuana, nella cocaina. Lo yage può essere l'ultima dose.

Una cura che elimina la tossicomania

Che cos'è la tossicomania? L'uso dell'oppio, o di derivati dell'oppio, conduce a uno stato che definisce i limiti di tale condizione e la descrive. Così il morfinomane o l'eroinomane, il drogato, fornisce il modello e lo specchio della tossicomania. L'organismo del tossicomane funziona grazie all'eroina; senza la droga è impotente come un pesce fuor d'acqua, fuori del suo mezzo, "boccheggiante", dice chi ha il vizio degli stupefacenti. Come il palombaro dipende dal tubo che gli fornisce l'aria, il tossicomane dipende da chi gli fornisce la droga. Tale situazione di assoluta dipendenza non esisteva prima ch'egli incominciasse a usare l'eroina e prima della conseguente assuefazione; basta un mese, più o meno, d'uso di sostanze stupefacenti, mediante iniezioni quotidiane o fiutando la droga, e si è "agganciati", vale a dire tossicomani per tutta la vita. Anche se il tossicomane viene curato e si astiene per anni dalla droga, bastano uno o due punture per farlo ricadere nella tossicomania. Al pari dell'alcoolizzato, egli ha acquisito una sensibilità agli stupefacenti che si protrae per tutta l'esistenza. Gli studiosi non sanno ancora esattamente quale sia il meccanismo dell'assuefazione all'eroina. Il dottor Isbel di Lexington, nel Kentucky, dove vengono curati quasi tutti i tossicomani degli Stati Uniti, ha avanzato l'ipotesi che la morfina agisca sui ricettori delle cellule, modificando forse la struttura molecolare di determinati gruppi di cellule dell'organismo.

Raffiguriamoci la morfina come un agente parassita invasore simile alla tenia. L'agente parassita è penetrato nell'organismo e si è stabilito nelle zone che predilige. Nel caso dell'invasione di morfina queste zone possono trovarsi nel cervelletto e nella spina dorsale. Nessuno lo sa con certezza. Il primo punto in cui si sentono gli effetti di una iniezione di morfina è di solito la nuca. Supponiamo ora che questo agente chimico viva nel *medium* della morfina e grazie a esso. Gli occorre questo *medium* della morfina per esistere. Gli occorrono sostanze alimentari particolari che non sono quelle normali. E l'agente invasore può potenziare tale necessità nel suo ospite mediante uno sbarramento di sintomi invalidanti allorché la morfina grazie alla quale esso agente vive viene sottratta. Questi sintomi sono i fenomeni di astinenza noti a tutti gli intossicati: sbadigli e boccheggiamenti, occhi lacrimosi e brucianti, diarrea, insonnia, debolezza, lieve febbre, crampi alle gambe e allo stomaco, talora la morte per collasso cardiocircolatorio e choc. E soprattutto la «brama» dell'intossicato nei periodi di astinenza; una brama assoluta, irresistibile, di droga. Una necessità che equivale al soggiogamento totale. Il tossicomane è letteralmente un " maniaco della droga ", e la " mania " è precisamente uno stato di assoluta necessità, che conosce, e può conoscere soltanto, il proprio bisogno.

Per andare ancora più oltre con l'analogia di un agente invasore, potremmo dire che i fenomeni di astinenza sono la polizia, le guardie che aiutano le forze estranee di invasione a rimanere al loro posto. In breve, la morfina agisce come un parassita invasore e, al pari di tutti i parassiti, dipende, per sopravvivere, dal proprio ospite. Il parassita ha bisogno dell'ospite. L'ospite non ha bisogno del parassita. Quest'ultimo può mantenere il proprio usurpato potere solo ricorrendo senza posa all'uso della forza. Qualsiasi dittatore potrebbe invidiare gli strumenti di imposizione sempre all'erta e sempre a immediata disposizione del generale Droga. Ebbene, può quest'ospite che viene a cena (" In fin dei conti, tu non hai fatto altro che prendere un ago e ' invitarmi ', non è così? ") e che, adagio adagio, tramuta l'anfitrione in un divoratore di morfina, essere spodestato? Ogni tossicomane e ogni medico che cura le tossicomanie sanno quanto sia difficile pervenire a una guarigione definitiva. Il metodo consueto al quale si ricorre nella US Narcotics Farm a Lexington, nel Kentucky, consiste in una terapia basata sulla riduzione delle dosi. La dose di morfina viene ridotta progressivamente (o sostituita con altre droghe) nel corso di un periodo di tempo che va da dieci a venti giorni. Mediante questo sistema il tossicomane va esente dai fenomeni di astinenza per un periodo di un mese o di sei settimane. Ma le statistiche di Lexington e le esperienze personali dimostrano che esiste un'elevata percentuale di ricadute. Perché il tossicomane "guarito" ritorna alla morfina alla prima occasione? Esiste forse un altro metodo terapeutico che dia luogo a una percentuale più elevata di guarigioni definitive, vale a dire all'astinenza definitiva e totale dalla morfina o da ogni altro oppiaceo sensibilizzante? Sì. Esiste una cura che guarisce dal morfinismo "eliminando la necessità della morfina". Questa cura è la terapia dell'apomorfina, praticata dal dottor John Dent di Londra. La terapia dell'apomorfina non viene applicata negli Stati Uniti; non viene praticata, e neppure sperimentata, a Lexington. A quanto mi consta, neppure i medici privati ricorrono a essa. Se la terapia basata sulla riduzione e sulla sostituzione fosse efficace, non vi sarebbe alcuna necessità di orientarsi verso un altro metodo. Ma non è efficace. Il tossicomane sottoposto alla terapia convenzionale di riduzione ricade quasi invariabilmente nel vizio entro un periodo che va da sei mesi a due anni dopo la cura. Perché? Perché non è stato guarito. Io non mi riferisco qui alla "tossicomania psicologica" o a una qualsiasi di tali forme mistiche. Il tossicomane non viene guarito "fisicamente" dalla terapia di riduzione. Tornando al paragone con la tenia: la terapia di riduzione affama l'organismo del verme, ma ne lascia la testa confitta nella spina dorsale, in attesa della prima occasione favorevole per guidare l'ospite verso l'alimento particolare che esso appetisce e per generare un nuovo organismo.

Io fui un tossicomane per un periodo di dodici anni. Usai l'oppio fumandolo e prendendolo per bocca, l'eroina iniettata sotto pelle, nei muscoli e in vena, o fiutata (quando non disponevo di un ago), la morfina, il dilaudid, il pantopon, l'eukedel, la paracodeina, il demerolo, il methodone. Tutti questi preparati portano ad assuefazione. Né il modo in cui la droga viene somministrata determina una gran differenza. Venga essa fumata, fiutata, iniettata, ingerita, il risultato è sempre lo stesso: l'assuefazione. Ed è difficile liberarsi dal vizio di ingerire oppio quanto da quello di iniettarselo in vena. L'idea secondo la quale l'abitudine alle punture sarebbe particolarmente dannosa deriva da un timore irrazionale dell'ago ("L'iniezione avvelena la corrente sanguigna." Come se la corrente sanguigna venisse avvelenata in minor misura dalle sostanze assorbite dallo stomaco, dai polmoni, o da qualsiasi membrana mucosa). Mi sono sottoposto a dieci terapie. Mi sono assoggettato a riduzioni rapide e a riduzioni lente, al sonno prolungato, agli antistaminici, a ogni tipo di barbiturici, al cloralio, alla paraldeide, al cortisone. Ma dopo ogni terapia sono sempre ricaduto alla prima occasione. Nel corso dell'intero periodo di dodici anni non feci mai senza di qualche tipo di oppiaceo per più di alcuni mesi. La necessità della morfina esisteva sempre; e prima o poi finiva col dominarmi e col ricondurmi al vizio.

Quando il dottor Dent di Londra mi spiegò la terapia dell'apomorfina pensai che si trattasse soltanto di una cura come tutte le altre. Ma egli mi promise che mi avrebbe somministrato morfina se ne avessi avuto bisogno, e io accettai di entrare nella sua clinica. La cura alla quale fui sottoposto è descritta nel volume del dottor Dent *L'ansia e la sua terapia.*

"Prima che qualcuno accetti di sottoporsi alla terapia mediante iniezioni di apomorfina, è necessario dargli tutte le possibili delucidazioni. Il tossicomane deve rendersi conto che non esiste alcun sistema facile per guarire; che la terapia con l'apomorfina è sgradevole, che con ogni probabilità soffrirà di disturbi, potrà svenire e si sentirà malissimo; ma nessuno è mai morto a causa dell'apomorfina, il che non può essere detto di quasi alcun altro medicamento della farmacopea. Il paziente deve rendersi conto del meccanismo della cura e dei suoi effetti. Non si tratta di una terapia di avversione. Il paziente non sentirà più la 'necessità' dell'alcool o della morfina, non avrà bisogno di alcun puntello, e le somministrazioni di droga durante la cura non dovranno essere continuate. Gli effetti della terapia sono definitivi, ma verrebbero annullati da ulteriori dosi di morfina.

"Il paziente entra in una clinica o in un ospedale, affidato alle cure di infermiere. La dose iniziale di apomorfina consiste in un ventesimo di grano per via intramuscolare. Le iniezioni vengono praticate giorno e notte ogni due ore. La dose può essere aumentata, dato che l'esito della cura dipende da una determinata concentrazione di apomorfina nel sangue. Durante le prime ventiquattr'ore della terapia al paziente non viene somministrata acqua, se non con alcool. Lo scopo della cura è quello di stimolare i centri di regolazione chimica nel cervelletto e di normalizzare la composizione del sangue. Non risulta che questi centri vengano stimolati, o almeno che vengano stimolati in misura sufficiente, finché non si sia avuta una iperstimolazione, in altri termini finché non incomincino a determinarsi fenomeni anormali, come un improvviso abbassamento della pressione del sangue; la temperatura del paziente può salire a 100 o a 101 gradi Fahrenheit, senza un aumento corrispondente nel ritmo delle pulsazioni; oppure si rileverà un odore assai forte di acetone nell'alito. Le iniezioni di apomorfina continuano a essere praticate per un periodo che va dai quattro ai sette giorni. Se, durante la terapia, vengono somministrate piccole dosi di morfina (ciò si renderà necessario nei casi di tossicomania assai spinta), è importante che le iniezioni di apomorfina continuino a essere praticate per almeno quarantott'ore dopo l'ultima puntura di morfina, in quanto la morfina annulla l'azione dell'apomorfina."

Quando io mi sottoposi alla terapia qui descritta, ero fortemente intossicato. Mi iniettavo, con endovenose, tre grani di morfina ogni ora. Una media di trenta grani di morfina al giorno. (In genere, il tossicomane negli Stati Uniti non può, di solito, procurarsi più di tre o quattro grani al giorno.) Il metodo normale della riduzione nel caso di una così grave tossicomania sarebbe consistito nel dimezzare la dose quotidiana. A me fu somministrato, invece, un solo grano di morfina nelle prime ventiquattr'ore e un totale di due grani durante l'intera terapia; la dose iniziale di un quarto di grano venne ridotta a un ottavo di grano dopo le prime ventiquattr'ore. Eppure mi sentii di gran lunga meglio, e più forte e meno depresso di quanto non mi sarebbe normalmente accaduto con una terapia riduttiva che mi consentisse una quantità di morfina da dieci a venti volte maggiore. Andai esente, inoltre, dai più gravi fenomeni di astinenza, quali i crampi allo stomaco e alle gambe; in breve, i fenomeni di astinenza si ridussero a un livello facilmente sopportabile. Nessun altro sedativo mi venne somministrato durante la cura. Né barbiturici, né tranquillanti. E l'apomorfina non è in alcun modo un surrogato della droga; non ha proprietà analgesiche o sedative, e non dà assuefazione. Non si è mai avuto alcun caso di assuefazione all'apomorfina. Per quanto mi concerne personalmente, fui ben contento che le iniezioni di apomorfina cessassero. L'apomorfina non dà alcuna euforia.

Uscii dalla clinica otto giorni dopo, ancor debole e tremante; soffrivo di insonnia e di quella mancanza di tono muscolare che caratterizza le desensibilizzazioni tardive. A onta dei residui fenomeni di astinenza, la necessità della morfina era scomparsa. E senza la specifica "necessità", i sintomi individuali sono sopportabili. Sapevo che tutti i sintomi sarebbero scomparsi entro due settimane; tornato a Tangeri, rimasi in contatto con tossicomani che avrebbero potuto procurarmi immediatamente morfina, eppure non ricaddi una sola volta nel vizio. La necessità della morfina era scomparsa; la testa del parassita era stata estratta. E non ricorrevo né all'autocontrollo, né alla forza di volontà. Più semplicemente, non desideravo la morfina, in alcuna forma. Ecco dunque un metodo di cura realmente efficace, una terapia che elimina la necessità della morfina; se la necessità rimanesse, nessun esercizio della cosiddetta forza di volontà potrebbe evitare una ricaduta. Se si deve resistere alla necessità di un parassita, vuol dire che il parassita è ancora presente, sempre in attesa di un momento in cui la resistenza si indebolisca. Non occorre altro che il breve intervallo di tempo necessario per praticarsi una puntura o per fiutare la droga. Le sofferenze dell'astinenza, attraverso le quali passano tutti i tossicomani, non dissuadono certo da una ricaduta. All'opposto, le statistiche di Lexington indicano che i tossicomani curati con il metodo di una brusca privazione della droga ricadono più rapidamente di coloro che vengono sottoposti alla consueta cura riduttiva di dieci giorni o due settimane. La ragione di ciò salta agli occhi di chiunque abbia studiato Pavlov. Nel corso del periodo straziante che segue a una privazione brusca della droga, il desiderio dello stupefacente è profondamente inciso nelle cellule e nelle ossa del tossicomane; e ciò porta a ricadute immediate. Mentre invece i tossicomani curati con il metodo normale della riduzione sono in grado di resistere per periodi più lunghi.

Che cos'è esattamente l'apomorfina e come agisce sull'organismo? Citiamo da *L'Ansia e la sua terapia,* del dottor Dent: "L'apomorfina è ricavata dalla morfina; è morfina meno due N e un O, ma ha un'azione fisiologica completamente diversa. La morfina deprime la parte anteriore del cervello, l'apomorfina stimola la parte posteriore". L'azione dell'apomorfina è fisiologicamente l'opposto di quella della morfina. L'apomorfina non ha proprietà analgesiche e non dà assuefazione. L'iniezione di un dodicesimo di grano di apomorfina determina di solito vomito in pochi minuti, stimolando direttamente i centri del vomito nel cervelletto; questa sostanza viene infatti utilizzata come emetico nei casi di avvelenamento. In molti paesi quest'ultimo è tuttora l'unico impiego di un farmaco così eccezionale, e il solo indicato nei manuali di farmacologia. La rapida azione emetica dell'apomorfina fa sì che essa venga impiegata nella cura dell'alcoolismo mediante una terapia di avversione. Tale terapia è ancora assai diffusa. Al paziente viene somministrato alcool e al contempo gli si pratica un'iniezione di apomorfina; egli vomita il liquore e viene a determinarsi in lui un riflesso di avversione che, tuttavia, non si protrae per più di qualche settimana.

Uno dei primi studiosi dell'apomorfina fu il dottor John Dent di Londra. Egli pervenne alla conclusione che doveva entrare in gioco qualcosa di più dell'avversione. La reazione dei singoli pazienti ai vari farmaci è diversa. Ad alcuni dei suoi pazienti furono iniettate alte dosi di apomorfina senza che vomitassero e senza che si annullasse in essi la necessità dell'alcool. Dent ne dedusse che l'apomorfina agisce normalizzando il metabolismo ed eliminando così il bisogno dell'alcool: "L'apomorfina agisce sull'ipotalamo e regola il siero del sangue. Feldmann, in Svizzera, ha dimostrato che dopo una cura con apomorfina la percentuale dei vari componenti del sangue è più normale di quanto non lo fosse prima della somministrazione di tale sostanza". (*L'ansia e la sua terapia*).

Fu un caso a portare all'impiego dell'apomorfina nei casi di tossicomania oltre che in quelli di alcoolismo. A uno dei pazienti alcoolizzati del dottor Dent venivano somministrati anche cinque grani di morfina al giorno per ridurre il suo consumo di alcoolici. Il dottor Dent ignorava che al paziente veniva iniettata morfina e curò il caso con apomorfina. Dopo la cura il paziente poté fare a meno tanto dell'alcool quanto della morfina; il dottore ne dedusse che l'apomorfina doveva avere un'azione regolatrice generale sui disturbi del metabolismo e che la terapia con apomorfina sarebbe stata efficace in ogni caso di intossicazione da stupefacenti. La validità di tale deduzione fu comprovata nel corso di un periodo di trent'anni dalla guarigione di morfinomani e cocainomani, e di individui intossicati dai barbiturici, dalla paraldeide, dal cloralio e persino dalla benzedrina.

L'apomorfina può essere somministrata anche oralmente. Una speciale compressa viene prodotta da Chabre in Francia. Il farmaco non va inghiottito, ma deve essere fatto sciogliere sotto la lingua. (L'apomorfina è quasi inattiva, se inghiottita.) Grazie a questo metodo il farmaco può essere somministrato più di frequente e si eliminano le perdite di tempo e il fastidio delle iniezioni. Inoltre, in forma orale, esso si presta assai di più alle cure senza sorveglianza medica, in quanto può essere portato e ingerito ovunque.

Al termine della terapia, Dent fornisce di solito ai suoi pazienti un quantitativo di apomorfina per uso orale affinché si curino da soli, per evitare una ricaduta completa, nell'eventualità che dovessero bere un liquore o praticarsi una puntura. Egli si avvale inoltre, con il pieno consenso e la conoscenza del paziente, della suggestione in stato di veglia. La suggestione in stato di veglia non è l'ipnotismo; essa è basata sul principio dell'inconscio: io leggevo a voce alta un articolo di giornale o una pagina di un libro qualsiasi a una immaginaria terza persona seduta di fronte a me. Il dottore si metteva alle mie spalle o di fianco e ripeteva suggestioni predisposte con lo stesso volume di voce che impiegavo io per leggere. Poiché stavo parlando e, in base alle sue istruzioni, concentravo la mia attenzione conscia su quel che leggevo, non udivo consciamente la voce del dottore. Ma le suggestioni di lui venivano registrate dal mio inconscio e costituivano una barriera contro eventuali ricadute. Le suggestioni tendono a dimostrare, naturalmente, che il paziente non ha bisogno di oppiacei o di alcool in alcuna forma e che non ne prenderà. Le suggestioni in stato di veglia hanno dimostrato di essere un utile coadiuvante della terapia con apomorfina.

Le statistiche del Dipartimento Narcotici indicano che, nel momento in cui scrivo, esistono negli Stati Uniti sessantamila tossicomani individuati dalla polizia. Il ricovero di questi individui in appositi istituti, come taluni propongono, sarebbe un costoso sperpero e non porterebbe ad alcun risultato. Tutto sta invece a indicare che una gran parte dei tossicomani potrebbe essere guarita definitivamente dalla terapia con apomorfina. Ai tossicomani incalliti e a coloro che soffrono di una dolorosa malattia cronica potrebbe essere consentita una dose di mantenimento prescritta da un medico il quale si sia convinto che la guarigione, nel loro caso, non è possibile. L'intero mercato nero della droga verrebbe abolito (come in Inghilterra si è evitato che si creasse) permettendo ai medici di prescrivere una dose minima agli ammalati. Con questo sistema il malato non è costretto a comprare droga al mercato nero. Può svolgere la sua occupazione normale e condurre una vita non criminale.

Citiamo ancora da *L'Ansia e la sua terapia*: "Stando al ministero degli Interni, nel 1950 esistevano in Gran Bretagna soltanto 306 tossicomani i quali ricevevano da medici morfina ed eroina. Il morfinismo e l'eroinismo sono in Inghilterra assai limitati e si riducono a circa un caso su centotrentamila persone". Si paragoni tale cifra all'incidenza di un tossicomane "noto" per ogni mille individui negli Stati Uniti. È chiaro che organizzare un programma di cura per duecentomila tossicomani sarebbe costoso. Ma spendiamo già milioni di dollari all'anno in programmi che non hanno avuto risultati: programmi che non curano i tossicomani e non riducono l'indice della tossicomania; anzi, l'indice della tossicomania va aumentando sempre più. Il dato citato dal Dipartimento Narcotici, secondo il quale i tossicomani usano attualmente un minor quantitativo di eroina pro capite a causa del prezzo sempre più alto e dell'adulterazione dell'eroina venduta sul mercato nero, non può avere alcun valore per chiunque si renda conto del meccanismo delle tossicomanie. "Qualsiasi" dose di oppiacei, per quanto piccola, produce e mantiene l'assuefazione. L'assuefazione può essere mantenuta con dosi quotidiane di morfina inferiori a quelle che verrebbero somministrate a un adulto normale non intossicato come sedativo prima di un intervento chirurgico. Un decimo di grano di morfina al giorno può mantenere l'assuefazione, e gravi fenomeni di astinenza appariranno non appena questa dose minima verrà eliminata. (La dose normale come sedativo o come analgesico oscilla tra un quarto e un ottavo di grano.)

Il governo degli Stati Uniti dispone attualmente di

due istituti per la cura dei tossicomani, uno a Lexington, nel Kentucky, l'altro a Fort Worth, nel Texas. Per il momento il metodo di cura in entrambi gli ospedali è quello riduttivo, con la conseguente detenzione da quattro a sei mesi. Con la terapia dell'apomorfina il tossicomane potrebbe essere posto in libertà dopo un mese o anche meno. E si tenga presente che quasi tutti i tossicomani degli Stati Uniti non fanno che entrare e uscire da Lexington per anni, imponendo gravi sacrifici al contribuente. Un metodo di cura che desse una percentuale sostanziale di guarigioni definitive farebbe risparmiare ai contribuenti americani milioni di dollari.

La terapia con apomorfina potrebbe essere integrata mediante suggestioni in stato di veglia, sempre, s'intende, con la conoscenza e il consenso dei tossicomani sottoposti alla cura. È assai diffusa la convinzione che i tossicomani siano individui nevrotici, i quali necessitano di lunghi periodi di psicoterapia. Eppure, ecco quel che ha da dire il Dipartimento Narcotici: "Quale tipo di individuo va soggetto al morfinismo? Chiunque si pratichi un'iniezione quotidiana di morfina per un mese. Talora l'assuefazione viene a determinarsi in due settimane". Chiunque si pratichi un'iniezione di morfina al giorno per un mese. Il vizio degli stupefacenti, come qualsiasi malattia, è una questione di esposizione ai germi; e la "personalità tossicomane" è un sintomo della malattia da morfina. Nell'Iran, dove l'oppio viene venduto nelle fumerie, esistono tre milioni di oppiomani. E quei tre milioni di intossicati sarebbero stati spinti all'uso dell'oppio da complessi e conflitti profondamente radicati, tali da richiedere un trattamento psicoterapico prima che si possa pervenire a una guarigione definitiva? A me sembra estremamente improbabile. Ripeto che il vizio degli stupefacenti, come ogni altra malattia, è una questione di esposizione ai germi. (Per una buona metà i tossicomani di sesso maschile registrati nel Regno Unito sono medici.) Non esiste una "personalità pre tossicomane" più di quanto esista una "personalità pre malarica".

L'insistere sulle cosiddette "cause psichiche" delle tossicomanie non fa che riattivare l'intero meccanismo del vizio degli stupefacenti. Ogni dissertazione sul bisogno di droga, sugli stati d'animo della droga, sull'euforia della droga deve necessariamente condurre alla ricaduta. La cosa meno indicata per il tossicomane fisicamente guarito è il rievocare l'invasione della morfina. Il classico interrogativo: "Perché non può fare a meno dei narcotici?" non dovrebbe essere mai posto.

Le suggestioni in stato di veglia, invece, tendono a bloccare una nuova presa di possesso da parte della morfina; le suggestioni nel gergo dell'intossicato dovrebbero dare risultati eccellenti. Frasi come: "Scrollati di dosso il vizio, amico"; "Cancella la parola droga", formulate in modi diversi e ripetute al livello del subcosciente con un accompagnamento musicale, e associate alla terapia dell'apomorfina, potrebbero in molti casi estirpare le radici parassite della droga e cancellare la parola droga dal sistema nervoso del tossicomane.

La proposta di ricorrere alle suggestioni in stato di veglia al livello del subcosciente con uno sfondo di programmi musicali non è una tecnica per il lavaggio del cervello. Il metodo della suggestione in stato di veglia dovrebbe essere spiegato ai pazienti e si dovrebbe dir loro quali sono le suggestioni fatte.

La musica stessa potrebbe indubbiamente contribuire ad attenuare i fenomeni di astinenza che la terapia dell'apomorfina riduce fino a un punto tollerabile ma non elimina completamente.

Di recente, un dentista americano, a Cambridge, nel Massachusetts, ha otturato ed estratto denti senza ricorrere ad anestetici, servendosi solo di musica ascoltata mediante cuffie; egli consigliava ai pazienti di aumentare il volume se sentivano dolore. Ricerche eseguite a Lexington hanno stabilito che qualsiasi agente capace di attenuare acute sofferenze attenua anche i fenomeni di astinenza; è stato costatato che tutti i farmaci capaci di eliminare il dolore eliminano anche i fenomeni di astinenza, ma tutti danno assuefazione in misura esattamente proporzionale alla loro efficacia nell'attenuare tali sofferenze e fenomeni. Tuttavia l'assuefazione alla musica sembra improbabile. Ulteriori esperimenti con il suono stereofonico potrebbero portare a una eliminazione realmente indolore dell'abitudine alla morfina.

Ho parlato soltanto di eroinismo e morfinismo. La terapia dell'apomorfina ha dimostrato di essere altrettanto efficace nella cura dell'alcoolismo e dell'assuefazione ai barbiturici. La terapia che ho già descritto è più o meno standardizzata: iniezioni di apomorfina ogni due ore per un periodo di almeno quattro giorni. Agli alcoolizzati viene dato ad libitum il liquore che preferiscono, dimezzato con acqua, durante le prime ventiquattr'ore della cura. Cito da Dent: «Il bere, il più delle volte, diviene sempre più nauseante per il paziente. Il suo senso del gusto sembra alterarsi. Può darsi ch'egli stenti a credere che al liquore non è stata aggiunta qualche sostanza estranea. La repulsione non è dovuta soltanto al sapore nauseabondo ma anche a quello che è ormai divenuto il contrario di un bisogno".

L'assuefazione ai barbiturici è epidemica negli Stati Uniti, e non esistono statistiche al riguardo. Tutti i barbiturici danno assuefazione se ingeriti in grandi quantità entro un determinato periodo di tempo. Un grammo circa al giorno determina assuefazione. La sindrome dell'astinenza è più pericolosa dell'astinenza dall'eroina e comprende forme epilettiche, convulsioni e allucinazioni. Non di rado i tossicomani si fanno del male agitandosi spasmodicamente su pavimenti di cemento. (I pavimenti di cemento sono un normale corollario di brusche astinenze dalla droga negli Stati Uniti, dove molti eroinomani, e di conseguenza criminali in base a una legge del Congresso, sono anche assuefatti ai barbiturici.)

L'assuefazione ai barbiturici è una questione di quantità. I fenomeni di astinenza sono probabilmente una reazione meccanica conseguente a un eccessivo effetto sedativo sulla parte anteriore del cervello. L'intossicato da barbiturici offre uno spettacolo impressionante; è incapace di coordinazione, barcolla, si addormenta nel bel mezzo di una frase, lascia cadere il cibo dalla bocca. È confuso, litigioso e stupido. Un certo numero di intossicati da barbiturici viene curato a Lexington, e la terapia è più difficile, più pericolosa e più lunga di quella degli eroinomani. L'astinenza dai barbiturici deve avvenire molto gradualmente, con la sorveglianza costante di ciascun paziente; altrimenti l'intossicato va soggetto ad accessi convulsivi che possono causargli lesioni gravi o anche la morte. D'altro canto, l'intossicato da barbiturici, curato con l'apomorfina, può essere privato immediatamente di ogni barbiturico o di ogni analogo farmaco sedativo. Gli accessi convulsivi si determinano di rado e l'intera terapia può esaurirsi in un periodo di tempo che va dagli otto ai dieci giorni.

L'assuefazione agli oppiacei, all'alcool, ai barbiturici costituisce un problema di salute pubblica e dà luogo a uno sperpero di denaro e di risorse umane la cui portata è incalcolabile. Ma è ora disponibile una terapia che molto può contribuire a risolvere questo problema. Possono permettersi, gli Stati Uniti, di ignorare la cura con l'apomorfina che, nel corso di un periodo di molti anni, ha dimostrato di poter guarire «tutte le assuefazioni»?

Tutto sta a indicare che l'apomorfina può rendersi utile in condizioni diverse da quelle delle assuefazioni agli stupefacenti. Il dottor Dent ha rilevato la guarigione di lesioni al fegato negli alcoolizzati sottoposti alla terapia dell'apomorfina. Feldmann, in Svizzera, ha dimostrato che la percentuale di colesterolo, se troppo bassa, può essere aumentata con una cura di apomorfina; e può essere diminuita se troppo alta. Coloro che fanno uso di benzedrina, se privati di questa sostanza scivolano il più delle volte in un sonno così profondo, come reazione a stimoli cronici della parte anteriore del cervello, che non si riesce a destarli neppure per farli mangiare. Quando vengono curati con l'apomorfina, dormono normalmente e possono essere destati senza alcuna difficoltà. Essi, d'altro canto, soffrono d'insonnia durante l'astinenza. Quando li si sottopone alla terapia dell'apomorfina, l'insonnia viene eliminata. La proprietà unica dell'apomorfina consiste nella sua azione di regolatore metabolico; nella farmacopea non esiste alcun'altra sostanza capace di questa azione regolatrice del metabolismo, per cui il paziente non ha più bisogno della sostanza sedativa o stimolante alla quale si era assuefatto.

La sintesi chimica dell'apomorfina e la scoperta di varianti più potenti della formula potrebbero portare al suo impiego nella terapia di molti stati diversi dall'assuefazione agli stupefacenti. Ho avuto occasione di parlare, in Francia, con il dottor Corre, un medico generico. Egli ha costatato che l'apomorfina è estremamente efficace nella cura dell'insonnia, degli stati ansiosi, della neurastenia; essa si era resa inoltre molto utile nell'aiutare alcuni suoi pazienti a ridurre o a eliminare abitudini al bere che rasentavano l'alcoolismo.

Quante migliaia di individui negli Stati Uniti sono grandi bevitori, pur senza essere alcoolizzati? Quante migliaia di individui prendono abitualmente tranquillanti di un tipo o dell'altro, o sonniferi? L'impiego dell'apomorfina potrebbe contribuire in larga misura a eliminare questa sorta di schiavitù che lega un così gran numero di persone ad agenti chimici. Si ricordi che l'apomorfina non è un surrogato degli stupefacenti. Non è mai stato costatato alcun caso di assuefazione all'apomorfina. Non appena essa ha agito regolando il metabolismo, si può sospendere la cura.

L'abitudine alle sostanze chimiche obnubila le facoltà mentali e compromette le funzioni organiche. Se si potesse fare in modo che gli individui non desiderassero né sentissero la necessità di sostanze sedative come l'alcool e i barbiturici, si compirebbe senza dubbio un passo avanti verso la salute fisica e la normalità di ogni funzione dell'organismo. Perché, dunque, non compiere tale passo?

Il signor Anschlinger, che dirige l'Ufficio Narcotici degli Stati Uniti, dispone senza dubbio dello schedario più completo del mondo per quanto concerne il traffico e l'uso di stupefacenti. I dati in possesso del suo ufficio, posti in correlazione con la terapia dell'apomorfina, consentirebbero agli Stati Uniti di mettersi alla testa di una crociata per liberare tutti i popoli del mondo dalla schiavitù degli agenti chimici.

Indice